Ce livre appartient à Mlle R. Medhat
Québec 2016

ÉCOLE DEGRASSI

Catherine

Catherine Dunphy

Traduit de l'anglais par
LOUIS BINETTE

Données de catalogage avant publication (Canada)

Dunphy, Catherine, 1946-

[Caitlin. Français]

Catherine

(École Degrassi).
Traduction de: Caitlin.

ISBN 2-7625-6458-1

I. Titre. II. Titre. Caitlin. Français. III. Collection.

PS8557.U56C3414 1991   jC813'.54.   C91-096217-0
PS9557.U56C3414 1991
PZ23.D86Ca 1991

Cette traduction a été possible grâce à une subvention du Conseil des Arts du Canada.

Dépôts légaux : 2e trimestre 1991
Bibliothèque nationale du Québec
Bibliothèque nationale du Canada

ISBN : 2-7625-6458-1   Imprimé au Canada

Photo de la couverture : Janet Webb

LES ÉDITIONS HÉRITAGE INC.
300, Arran, Saint-Lambert, Québec J4R 1K5
(514) 875-0327

Radio Québec

C'est autre chose et c'est tant mieux.

Ce livre est basé sur les personnages et le scénario de la série télévisée «Degrassi Junior High». Cette série a été créée par Linda Schuyler et Kit Hood pour «Playing With Time Inc.», sous la supervision de Yan Moore, auteur.

N'oublie pas de regarder l'émission Degrassi à Radio-Québec ainsi qu'à TV Ontario.

TVOntario
la chaîne

Chapitre 1

Les dents serrées, monsieur Racine se tourna vers les deux filles.

— Ça suffit, dit-il brusquement.

Le ton de sa voix était dangereusement bas.

Karine se tut. Catherine demeura figée. Elle sentit un frisson lui parcourir le dos. Elle était certaine d'avoir tout gâché. Elle ne put soutenir le regard furieux de monsieur Racine.

— En voilà une façon de se comporter! grogna celui-ci. Vous êtes pourtant assez intelligentes pour savoir que ce n'est pas le moment de ressasser vos vieilles querelles en pleine réunion du journal étudiant. J'espère que cela ne se reproduira plus. Nous n'avons pas à supporter vos chamailleries. Est-ce bien compris?

— Je veux seulement savoir pourquoi elle refuse de publier mon article.

Karine fit la moue et releva le menton.

Le professeur l'ignora.

— Catherine? dit-il d'un ton sévère.

Celle-ci baissa les yeux sur ses mains tremblantes. Elle avait la gorge sèche, comme si elle allait pleurer. Elle ne put prononcer un mot.

Elle s'aperçut que Claudine remuait sur sa chaise, à côté d'elle. La fille aux cheveux roux lui serra la main sous la vieille table de bois.

«Chère Claudine», pensa Catherine en adressant un regard reconnaissant à sa collaboratrice.

Elle se demandait parfois si l'école aurait seulement un journal étudiant sans Claudine. Celle-ci était efficace, toujours souriante, vaillante et loyale. Oui, loyale même dans les pires moments, comme maintenant.

Catherine attendit que monsieur Racine poursuive. Il allait la renvoyer, elle en était certaine.

Elle savait ce qu'il se préparait à lui dire : «Je suis désolé, Catherine, mais le poste de rédactrice de l'*Écho Degrassi* ne te convient pas.»

Tous ses rêves — être rédactrice du journal, écrire des articles sur des sujets importants, s'efforcer de rendre le monde meilleur — allaient s'évanouir d'un instant à l'autre.

— Je suis navré de cette interruption, dit monsieur Racine. Revenons aux points à l'ordre du jour. Karine, nous publierons ton article traitant du port d'un uniforme à Degrassi. Cependant, je suis d'accord avec Catherine : nous ne le placerons pas en première page.

Catherine releva brusquement la tête. Elle avait gagné. Elle avait gagné! Karine, les yeux plissés, lui jeta un regard furieux.

— Mais, continua monsieur Racine, je ne crois pas non plus que la une soit indiquée pour le reportage de Catherine sur les produits chimiques que nous retrouvons dans l'eau potable.

— Mais c'est important! lâcha Catherine.

Le ton de sa voix était faible, geignard, mais elle ne put se retenir. Être rédactrice de l'*Écho Degrassi* était tout ce qu'elle avait toujours souhaité et voilà que, après deux numéros seulement, monsieur Racine prenait tout en charge, lui retirant le droit, ainsi qu'aux autres membres de l'équipe, de prendre toute décision.

Soudain, la porte du local du journal s'ouvrit à toute volée, faisant un bruit sourd en donnant contre la bibliothèque.

— Hé, tout le monde! J'ai une nouvelle exclusive pour vous!

Joey Jeremiah se tenait debout dans l'embrasure de la porte, planche à roulettes sous le bras. Il portait un chapeau et un large sourire éclairait son visage. Toutefois, son sourire s'effaça lorsqu'il promena son regard autour de la pièce et vit la mine sombre des membres de l'équipe du journal.

— Euh... ça peut attendre, dit-il en reculant. Une autre fois. Aucun problème.

— Reste, Joey, l'interrompit monsieur Racine. Je veux que les autres entendent ta nouvelle.

Le professeur avait l'air calme.

— J'ai demandé à Joey de venir aujourd'hui parce que je voulais qu'il vous apprenne la nouvelle lui-même. Ensuite, nous mettrons nos idées en commun.

Catherine inspira profondément et tenta de se maîtriser. Elle n'allait pas montrer à monsieur Racine — ni à Joey Jeremiah — à quel point elle était bouleversée.

Les yeux bruns et brillants de Joey allèrent de monsieur Racine à Catherine, puis de nouveau au professeur. L'air mystérieux, Joey se laissa tomber sur une chaise, en face de Karine. Le silence envahit la pièce tandis que tous les regards se tournaient vers Joey.

— Eh bien! euh, la nouvelle, c'est que Mario Cartier viendra à notre soirée, annonça-t-il, les yeux baissés.

Claudine laissa échapper un cri de joie.

— Tu veux parler de l'animateur de la station de radio CRAZ?

— Super! Comment l'as-tu convaincu? demanda Diane.

Celle-ci aidait Claudine à la mise en page du journal. C'était là la seule activité que ses parents, d'origine grecque, lui permettaient de faire. Ils étaient très sévères et refusaient que Diane assiste aux soirées de danse à l'école, même si leur fille adorait la musique et écoutait toujours la radio dans le local du journal.

Joey sourit. C'était la réaction qu'il avait espéré susciter.

— Aucun problème, dit-il en se tenant sur les pieds arrière de sa chaise et en repoussant son chapeau derrière sa tête. Nous sommes copains. Il a dit qu'il ferait ça pour moi.

— Bien sûr, Joey.

Karine semblait dégoûtée.

— L'animateur le plus populaire des ondes est ton meilleur ami. Et moi, je sors régulièrement avec Madonna.

— En fait, je le connais vaguement.

Les pieds avant de la chaise de Joey heurtèrent le sol et le sourire suffisant du garçon disparut.

— Vous vous souvenez de la *Bataille des étoiles montantes* qui a eu lieu l'été dernier? Le concours que nous avons failli gagner? L'un des juges était un ami de Mario.

— Tout cela pour dire, continua monsieur Racine, que l'école Degrassi est plus que choyée de pouvoir compter sur la présence de Mario Cartier comme animateur de notre soirée de danse. Quelle autre école aurait pu en faire autant?

Catherine lança un regard surpris au professeur. Il semblait aussi emballé que Joey. «Voilà donc ce qui compte à ses yeux, pensa Catherine. Pourtant, il se fiche de la qualité de l'eau que nous buvons.»

— Nous ferons de cette soirée la plus réussie de l'histoire de notre école, poursuivit le jeune et fougueux professeur. Ainsi, nous récolterons l'argent nécessaire pour envoyer tous les élèves en sortie éducative à Ottawa, le printemps prochain. Voilà le rôle du journal étudiant : s'assurer que tout le monde à l'école achète un billet pour la danse...

Monsieur Racine se pencha et ouvrit sa mallette.

— ...et ceci!

Il en sortit un ample sweat-shirt bleu roi sur lequel on pouvait lire *Écho Degrassi* en lettres blanches.

— Voici ce qui fera la une du numéro de novembre! annonça-t-il fièrement.

— Super!

Joey leva le poing en l'air. Catherine regarda autour d'elle. Claudine et Diane souriaient et même Karine semblait impressionnée. Ils aimaient tous l'idée, tous, sauf elle.

— Ce sera la une? demanda-t-elle.

Elle ne put réprimer une moue de dédain.

Joey décocha un regard au professeur. Sa chaise grinça sur le plancher lorsqu'il bondit et la repoussa.

— Alors, euh, formidable... je veux dire, la danse, bafouilla-t-il en se dirigeant vers la porte. Je dois y aller.

Les autres élèves jetèrent un regard d'envie vers la porte.

— Ce sera tout pour aujourd'hui. La réunion est terminée, annonça monsieur Racine d'un ton calme mais ferme.

Il avait l'air sévère.

— Je voudrais que Catherine reste encore un moment, mais tous les autres peuvent partir.

Karine passa à côté de Catherine, un sourire narquois sur les lèvres. Claudine, tout en rassemblant ses livres et ses notes, regarda Catherine d'un air désolé et déguerpit avec Diane.

Catherine tortilla une mèche de ses cheveux bruns. Elle, Catherine Ryan, première de classe, était en sérieuse difficulté.

Peut-être n'aurait-elle pas dû refuser de publier le stupide article de Karine à propos des uniformes. Et ce, même s'il ne restait assez d'espace que pour un autre reportage dans l'*Écho* de ce mois-ci et qu'elle savait que le sien était plus important.

Monsieur Racine semblait avoir lu dans ses pensées.

— Nous sommes d'accord sur un point, disait-il. La pureté de l'eau est plus importante que le port d'uniformes à l'école.

Il passa une main dans son épaisse chevelure, étira les bras derrière la tête et se pencha au-dessus de la table, devant Catherine. Il n'était pas en colère, constata-t-elle. Simplement fatigué.

— Une chose à ne jamais oublier à propos des journaux — tous les journaux, y compris le nôtre — est qu'ils doivent présenter de nombreux articles traitant de différents sujets. Des sujets qui ennuient parfois les gens brillants comme Catherine Ryan mais qui intéressent d'autres lecteurs.

Le professeur la regarda droit dans les yeux.

— C'est ce qui est le plus difficile quand on dirige un journal : établir un équilibre. Mais tu en seras bientôt capable. Tu as déjà fait de l'excellent travail en ce qui concerne l'écriture.

Catherine rougit de plaisir.

— Merci, monsieur Racine, dit-elle.

Elle lui sourit. Le professeur, cependant, semblait perplexe.

— Ce numéro doit sortir mercredi prochain, dit-il. Tu auras donc le reste de la semaine pour écrire l'article concernant Mario Cartier.

Il voulait qu'elle écrive l'article? Catherine n'arrivait pas à le croire. Elle le dévisagea, bouche bée.

Monsieur Racine refermait sa mallette. Il ne vit pas l'expression sur son visage.

— Il ne paraîtra pas en première page, toutefois. Je crois que nous devons réserver la une pour le sweat-shirt. Ça fera sensation, n'est-ce pas? L'*Écho* aura l'air d'un véritable journal professionnel.

— Aucun article en première page? ne put s'empêcher de demander Catherine.

— Pas cette fois. Ça fera du bien de changer un peu, répondit le professeur.

Il parlait d'un ton désinvolte, mais il observait la réaction de Catherine avec beaucoup d'attention.

Catherine prit une profonde inspiration.

— Je crois que nous devrions toujours avoir

un bon article à la une, déclara-t-elle.

Sa voix tremblait de peur. Voilà qu'elle discutait encore avec un professeur. Elle s'obligea pourtant à aller jusqu'au bout.

— C'est un journal. On ne doit pas s'en servir pour...

Elle chercha le mot juste.

— ...pour inciter les jeunes à dépenser leur argent.

Elle était allée trop loin. Monsieur Racine serrait sa mallette si fort que ses jointures en étaient blanches. Elle le regarda lutter pour conserver son sang-froid.

Après quelques secondes qui parurent durer une éternité, le professeur se leva de sa chaise de bois branlante et marcha vers la porte. Une main sur la poignée, il se retourna.

— Catherine, commença-t-il d'un voix calme et raisonnable, tu te laisses emporter. Tu sais que ce n'est pas ce que j'envisage pour l'avenir du journal. Tu sais aussi que ce voyage à Ottawa est important.

Les yeux gris pâle du professeur fixèrent ceux de Catherine.

— Donc, on retrouvera à la une de l'*Écho* de décembre, je dis bien de décembre et non des autres numéros à venir, une photo du nouveau sweat-shirt de l'école. Et à l'intérieur du journal sera publié un article à ce sujet, écrit par notre meilleure journaliste.

L'expression de monsieur Racine s'adoucit.

— À propos, c'est de toi dont il s'agit. L'article sera sur mon bureau au plus tard vendredi?

Catherine acquiesça d'un air misérable. L'inflexibilité de son professeur lui faisait l'effet d'une douche froide.

Le professeur ouvrit la porte.

— Bien. C'est réglé. Je te dépose quelque part?

Catherine releva vivement la tête, surprise.

— Non, merci.

Quand la porte se fut refermée derrière lui, Catherine se laissa retomber en arrière sur sa chaise de bois. Écrire un article à propos d'une soirée dansante et d'un stupide sweat-shirt. Autant faire de la publicité. Ce n'était pas ce dont elle avait envie. Ce n'était pas ainsi que devait se dérouler sa vie.

Catherine rassembla ses livres et sortit lentement de l'école déserte. Elle s'arrêta dans les marches de l'entrée principale et respira profondément l'air vif de l'automne. Ce n'était pas juste. Pas juste du tout. Elle aurait voulu hurler sa frustration à pleins poumons, encore et encore.

Catherine se contenta pourtant de dévaler l'escalier et de courir vers la rue, sans se retourner. Elle devait fuir, loin de tout cela.

Chapitre 2

La mère de Catherine était assise à la table de la cuisine et travaillait. Elle ne leva pas les yeux lorsque sa fille entra.

— Catherine, se contenta-t-elle de marmonner, j'ai tellement de travail à finir ce soir, je n'en viendrai jamais à bout.

«Comment ça s'est passé pour moi aujourd'hui? se dit Catherine en suspendant son manteau dans le vestibule. Très mal, mais c'est gentil de t'informer.»

Elle revint dans la cuisine et jeta un coup d'oeil par-dessus l'épaule tendue de sa mère.

— Qu'est-ce que c'est? Oh! Tu leur as fait le coup du questionnaire-surprise portant sur l'histoire. Ils ont dû t'adorer.

— Ces jeunes ne se rendent pas compte que

c'est plus de travail pour moi. Comme si je n'avais rien d'autre à faire. Je dois établir un horaire de garde pour les professeurs durant les heures de lunch. Il y a tellement d'élèves qui mangent à l'école que nous devons avoir un surveillant. Je dois aussi préparer la rencontre parents-professeurs de la semaine prochaine. Mais avant, il faut que je corrige ce test et que je note ces gamins pour leurs piètres efforts, dit madame Ryan d'un air mécontent.

Catherine observa sa mère. Jamais auparavant elle ne l'avait entendue parler en mal de ses élèves. Cependant, c'était la première année qu'elle occupait le poste de directrice adjointe dans une école publique et elle était très tendue.

Catherine se mordit la lèvre. Ce n'était pas vraiment le moment de parler à sa mère de ses problèmes au journal. Elle soupira et retira une assiette de côtelettes de porc du réfrigérateur.

— Est-ce que papa sera là pour le souper? demanda-t-elle.

— Non, répondit sa mère d'un ton brusque.

Depuis que celle-ci occupait son nouvel emploi, le père de Catherine passait de plus en plus de temps au club de tennis. Il prétendait vouloir se mettre en forme et laisser plus de temps à son épouse, mais Catherine regrettait son absence.

Elle poussa un autre soupir en mettant la viande au four. Elle dressa ensuite le couvert et se réfugia dans sa chambre pour écrire l'article à propos de Mario Cartier.

«Il le veut d'ici la fin de la semaine, il l'aura demain», se dit Catherine, les dents serrées, en relisant le texte qui apparaissait sur l'écran de son ordinateur.

Degrassi vient d'établir un nouveau règlement concernant la tenue vestimentaire et, pour une fois, personne ne proteste. Ce superbe sweat-shirt, en effet, fera l'unanimité! Mais n'oubliez pas : vous ne pourrez commander le vôtre que lors de la plus grosse soirée dansante de l'année au cours de laquelle vous aurez la chance de rencontrer une supervedette!

Sceptiques?

Tenez-vous bien!

Cette soirée sera animée par nul autre que Mario Cartier, de la station de radio CRAZ!

C'est à ne pas manquer!

Catherine grimaça. Elle en avait peut-être un peu trop mis. «Mais de toute façon, pensa-t-elle, c'est fait.» Elle imprima l'article et retourna en bas.

Elle prépara des crudités et les disposa dans des assiettes avec les côtelettes.

— Maman, annonça-t-elle d'une voix calme, le souper est prêt.

Madame Ryan ne quitta pas son travail des yeux.

— Je n'ai pas le temps de manger, déclarat-elle d'une voix tendue.

— Comme d'habitude, laissa échapper Catherine.

19

Sa mère déposa lentement son crayon rouge.

— C'est difficile pour toi, n'est-ce pas? demanda-t-elle.

Catherine sentit ses yeux se remplir de larmes et se retourna, mais trop tard. Sa mère repoussa ses feuilles sur un coin de la table. Elle se leva, se dirigea vers Catherine et serra les épaules voûtées de sa fille. Puis, elle prit les deux assiettes et les déposa sur la table.

— Viens t'asseoir avec moi, dit-elle.

Sans enthousiasme, Catherine se laissa tomber à sa place.

— Je n'ai pas faim, déclara-t-elle.

Sa mère s'empara de la salière et de la poivrière.

— Nous n'avons pas fait grand-chose récemment, dit-elle. Il y a longtemps que nous sommes allées à notre chasse aux aubaines habituelle du samedi. Et à quand remonte la dernière fois où nous sommes allées au cinéma ensemble?

Elle fit une grimace et essaya de plaisanter.

— Pas étonnant que nous soyons si grincheuses. Nous n'avons pas ri depuis un bon bout de temps.

Constatant que Catherine ne souriait pas et demeurait silencieuse, madame Ryan abandonna son ton joyeux. Elle se pencha au-dessus de la table, tapotant avec sa fourchette l'assiette intacte de Catherine.

— Je viens de penser que tu n'as encore amené aucune amie à la maison cette année, je me trompe? Est-ce à cause de moi et de tout mon travail?

— Non, ce n'est pas cela. Enfin, pas seulement cela, répondit Catherine.

C'était inutile de se raconter des histoires ou de mentir à sa mère. Si elle n'avait encore amené aucune copine, c'est parce qu'elle n'en avait plus. Depuis que Susie, sa meilleure amie, était déménagée, Catherine avait l'impression qu'une partie d'elle-même s'était enfuie également. Durant toute l'année précédente, Susie et elle avaient fait des projets. Elles voulaient diriger l'école.

Catherine soupira. Susie aurait été présidente du conseil étudiant tandis qu'elle, Catherine, occuperait le poste de rédactrice en chef de l'*Écho*.

Mais leur rêve s'était écroulé, par une journée d'été, sur le bord de la piscine.

Il faisait très chaud et humide; on aurait dit que l'air était comme une épaisse couverture. Catherine n'avait même pas assez d'énergie pour se retourner et faire bronzer son dos.

— Je vais avoir l'air d'un homard, gémit-elle, s'adressant à Susie qui était étendue à côté d'elle.

Susie étira ses jambes, remua les orteils et grogna à son tour. Mais Karine commença à s'agiter. Finalement, elle ramassa sa serviette et se planta devant les filles, leur cachant le soleil.

— Vous ne savez donc pas que trop de soleil

peut causer le cancer de la peau? Moi, je m'en vais à l'ombre.

D'une main, Catherine protégea ses yeux du soleil et regarda la longue silhouette pâle de Karine se frayer un chemin parmi les autres personnes qui prenaient un bain de soleil. Elle la vit ensuite étendre sa serviette à l'ombre du pavillon. Si quelqu'un pouvait gâcher la fête, c'était bien Karine. Cependant, elle avait raison à propos du bronzage et du cancer de la peau. Catherine regarda ses jambes minces et ses bras. Elle était privilégiée d'avoir une peau qui bronzait facilement; elle commençait déjà à afficher un joli teint doré.

Susie roula sur le dos.

— Est-elle partie? marmonna-t-elle, le visage encore enfoui sous sa serviette froissée. Tant mieux. Qui a bien pu lui demander de venir?

Catherine s'assit et enfila un t-shirt.

— C'est toi, tu te souviens? répondit-elle en souriant, lui donnant un coup de poing amical sur le bras. Je crois que je devrais rentrer, de toute façon. Sinon, je vais brûler, dit-elle en jetant un coup d'oeil sur la peau noire et lisse de son amie. Toi, tu n'as pas à t'inquiéter pour cela.

Elle s'attendait à une raillerie de la part de Susie, mais celle-ci demeura silencieuse.

Catherine ramassa sa serviette, se leva et s'étira. Elle se retourna vers Susie qui était toujours étendue, les yeux fermés.

— Tu viens? demanda-t-elle. Je t'offre la

crème glacée.

— Catherine, je déménage, annonça doucement Susie.

Catherine se sentit soudain faiblir.

— Où?

— À cinquante kilomètres d'ici. Mes parents ont acheté une maison plus grande. Toute neuve. Ma mère l'adore.

Catherine se laissa tomber sur le sol. Elle avait les jambes molles, comme une poupée de chiffon. L'école sans Susie? Degrassi sans Susie Rivera, vice-présidente du conseil étudiant?

Karine revint vers elles en mordant dans sa serviette.

— Je meurs de faim, dit-elle. Allons prendre une bouchée.

Voyant que Susie et Catherine ne bougeaient pas, elle fit la moue et mit une main sur ses hanches.

— Qu'est-ce que vous avez donc? On jurerait que vous venez de perdre votre meilleure amie, ajouta-t-elle.

Catherine et Susie échangèrent un regard. Karine avait parfaitement raison.

Catherine baissa les yeux sur la table de la cuisine. Susie lui manquait encore. Tous les jours. Au début, Susie avait passé plusieurs week-ends avec Catherine, mais depuis quelque temps, elle était de plus en plus occupée à l'école et avec ses nouveaux amis.

Catherine poussa un soupir. De nouveaux amis. Susie avait de la chance.

— Si tu organisais une soirée-pyjama? Demande à quelques copines de venir vendredi. Allez, ce sera amusant, insista la mère de Catherine.

Une soirée-pyjama? Catherine adressa un pâle sourire à sa mère, mais, en son for intérieur, elle était tourmentée. Qui pourrait-elle inviter? À part Susie, bien sûr. Karine? Elles s'entendaient assez bien l'année précédente, mais plus maintenant, depuis leur dispute à propos des articles pour l'*Écho*. Claudine? Elle n'était qu'en secondaire I.

Mélanie? Catherine fronça légèrement les sourcils, puis son visage s'éclaira. Oui, peut-être Mélanie.

— Catherine, attends-moi!

Malgré la musique de son baladeur, Catherine crut entendre quelqu'un l'appeler. «Probablement le vent», se dit-elle.

Elle ouvrit son cahier de notes — l'article concernant le sweat-shirt s'y trouvait toujours — et hâta le pas. Plus vite elle serait à l'école, plus vite elle pourrait remettre l'article et oublier cette histoire.

— Catherine! ralentis, je t'en prie!

C'était Mélanie, le visage tout rouge, à bout de souffle.

Catherine enleva son casque d'écoute. Ainsi,

quelqu'un avait bien crié son nom. Elle était trop habituée à être toute seule.

— Salut Mélanie, dit-elle en souriant à la grande jeune fille.

Les cheveux bruns droits de Mélanie lui balayaient la figure en raison du vent.

Mélanie regarda Catherine attentivement.

— Comment arrives-tu à coiffer tes cheveux comme ça? Moi, ça ne tient jamais.

Catherine s'était fait une grosse tresse et l'avait nouée avec un foulard à motif de léopard qu'elle avait dénichée dans un magasin de vêtements d'occasion. Aujourd'hui, une ceinture assortie cintrait sa robe noire. Catherine aimait bien marier différents articles — surtout ceux qu'elle se procurait à bon marché lorsqu'elle partait à la chasse aux aubaines avec sa mère — mais elle ne s'était jamais rendu compte que son entourage le remarquait.

— Quoi de neuf, dit Catherine.

Mélanie sourit et repoussa les cheveux de son visage.

— Anguille a téléphoné hier soir, déclarat-elle.

Mélanie avait le béguin pour Anguille, et ce, depuis la première fois où elle l'avait entendu jouer avec les *Zits enragés* — le groupe rock de Joey — l'année précédente.

— Il m'a demandé de l'accompagner à la soirée de danse.

La danse. Catherine retint un grognement.

Pourtant, elle enviait Mélanie.

— C'est formidable. Tu as vraiment de la chance, dit-elle.

Et elle le pensait.

— Joey et toi pourriez venir avec nous, continua Mélanie sans toutefois remarquer le frisson qui parcourut Catherine à ces mots.

Celle-ci ne pouvait imaginer passer une soirée entière avec un garçon. De quoi parleraient-ils? Et Joey? Ils étaient allés à la danse ensemble l'année dernière, mais cela ne signifiait pas qu'elle était attirée par lui. Cependant, Catherine dut admettre que, de tous les garçons qu'elle connaissait, Joey était le plus amusant. Avec lui, au moins, il n'y aurait pas de terribles silences.

— Je ne crois pas que Joey ait envie de sortir avec moi. Nous sommes tellement différents.

Mélanie jeta un regard en direction de Catherine.

— Allez, un peu d'optimisme. De toute façon, tu ne penses pas vraiment ce que tu dis.

La cloche retentit comme elles montaient les marches de l'entrée principale de l'école.

— Ne sois pas si certaine que Joey ne veut pas sortir avec toi, chuchota Mélanie tandis qu'elles gagnaient leur place dans la classe de monsieur Racine.

Catherine ne répondit pas. Elle se dirigeait vers le bureau du professeur pour y déposer l'article lorsque monsieur Racine fit irruption dans le local.

— Bonjour, cria-t-il en entrant dans la pièce.

C'était plus un avertissement qu'une salutation. Il marcha jusqu'à l'avant de la classe, enlevant le chapeau de Joey au passage comme il avait l'habitude de le faire, et ce, sans ralentir le pas. Il aperçut la feuille que Catherine avait mise sur son bureau et lui fit un petit signe de tête.

— Ce matin, nous allons commencer par quelque chose d'un peu différent.

Il ouvrit sa mallette, en sortit une liasse de papiers et s'assit sur le bord de son bureau, face aux élèves.

— J'ai décidé de former des équipes de travail. Quelques-uns des élèves les moins euh... motivés sont déjà loin derrière les autres. Aussi, avant que l'année scolaire ne soit trop avancée, je veux remédier à cette situation. Les deux partenaires de chaque équipe travailleront ensemble une fois par semaine, le mardi, avant ou après l'école, ou encore avant ou après le lunch...

Monsieur Racine s'arrêta tandis que de petits rires gênés se faisaient entendre dans la classe.

— J'ai choisi le mardi parce qu'il n'y a ni entraînement de football, ni réunion des clubs de photographie ou de théâtre. Par conséquent, aucune excuse ne sera acceptée. Ai-je été assez clair?

Bon nombre d'élèves assis dans les premières rangées acquiescèrent machinalement.

— Bien, poursuivit le professeur. En ce qui concerne la formation des équipes, je me suis basé sur les matières à améliorer pour chacun des élèves.

Il s'éclaircit la voix.

— Je tiens à préciser qu'il ne s'agit pas d'un concours de popularité. C'est un travail difficile et obligatoire.

— Ah! pas question, gémit Joey d'une voix forte en se laissant glisser sur sa chaise.

— Oh oui! répliqua monsieur Racine. En fait, monsieur Jeremiah, c'est pour des élèves comme vous que j'ai organisé cette activité. Vous travaillerez avec Catherine. Je crois que vous pourrez tirer profit de ses bonnes habitudes de travail, de sa ponctualité et de son application dans ce qu'elle fait.

— Ah! zut! se lamenta Joey.

Furieux, il baissa les yeux sur son pupitre.

Catherine put entendre Karine ricaner à l'arrière de la classe.

— Pauvre Joey, c'est terrible de devoir étudier avec Catherine, dit-elle avec un sourire méprisant et d'une voix assez forte pour que tous les élèves entendent.

Les garçons s'esclaffèrent tandis que monsieur Racine rappelait tout le monde à l'ordre.

Catherine avait le visage en feu. La classe entière savait maintenant ce que Joey pensait d'elle.

Chapitre 3

Catherine fit claquer la porte de son casier.

Elle mit son casque d'écoute et monta le volume. Elle allait le faire. Mélanie venait à la soirée-pyjama, de même que Karine. Elle téléphonerait à Susie ce soir. Au moins, sa mère serait contente.

Mélanie avait suggéré de regarder son film préféré — *Danse lascive* — lors de la soirée. Catherine s'arrêterait donc au club vidéo et réserverait la cassette avant de rentrer chez elle.

— C'est nous que tu écoutes?

Catherine demeura figée. C'était Joey, planté devant elle, lui bloquant le chemin. Il souriait.

Catherine ne lui rendit pas son sourire. Elle bouillait de rage. Après ce qu'il lui avait fait devant toute la classe, il pensait maintenant pouvoir s'en tirer en étant gentil? Il devait vraiment la prendre pour une idiote.

— Est-ce que c'est notre cassette? répéta-t-il.

— Non, répondit Catherine sur un ton furieux en tentant de poursuivre son chemin.

L'année précédente, elle avait payé deux dollars pour une cassette des *Zits enragés* enregistrée par Joey. Mais il y avait un an de cela. Aujourd'hui, Catherine aurait voulu rentrer chez elle et la couper en des milliers de petits morceaux.

— Eh! pourquoi es-tu si pressée? demanda Joey en reculant de quelques pas. Nous devons décider à quel moment nous travaillerons ensemble.

Catherine lui lança un regard furieux.

— Oublie ça. Tu ne veux pas étudier avec moi. C'est évident.

Une expression de panique apparut sur le visage de Joey.

— Tu ne veux pas travailler avec moi? demanda-t-il d'une petite voix.

Il ne faisait plus le fanfaron.

— Pas question, répondit Catherine. Débrouille-toi tout seul.

— Catherine, je ne veux pas échouer de nouveau, déclara Joey en détournant le regard.

Catherine sentit sa colère fondre. Il avait l'air triste. Et effrayé.

Ce devait être affreux d'avoir peur d'échouer. Joey était le seul élève de l'école qui devait refaire son secondaire II. Tous ses amis — Anguille et Louis, par exemple — étaient maintenant en secondaire III.

Joey était peut-être mal à l'aise d'avoir besoin d'aide. Cela pouvait expliquer sa réaction en classe aujourd'hui. Peut-être cela n'avait-il rien à voir avec le fait qu'elle soit sa partenaire.

Catherine se tourna vers Joey.

— Nous pourrions nous rencontrer le lundi à la bibliothèque, après les cours, dit-elle.

— C'est vrai? s'exclama Joey, le souffle coupé par la surprise. Mais monsieur Racine a dit le mardi... Enfin, ce n'est pas grave. Ça ira pour lundi.

Il la suivit dehors. Une fois dans la rue, il s'arrêta. Pourquoi ne partait-il pas? Catherine était embarrassée. Elle ne savait plus quoi dire.

— Et puis? commença Joey en s'éclaircissant la voix. Tu vas à la danse?

Catherine sentit son visage rougir.

— Peut-être. Je ne sais pas, bredouilla-t-elle.

— Il faut que tu viennes. Allez, je veux que tu viennes. Qu'en dis-tu? On se verra là-bas. D'accord?

Joey lui fit un clin d'oeil et s'éloigna bruyamment sur sa planche à roulettes.

Catherine ne put réprimer un sourire. Elle marcha lentement jusqu'au club vidéo, perdue dans ses pensées. Avait-elle enfin rendez-vous? Elle secoua la tête. Il valait mieux ne pas trop s'emballer malgré sa conversation avec Joey.

Il n'y avait qu'une cliente, qui s'apprêtait à sortir, lorsque Catherine entra. Le commis était derrière le comptoir et regardait quelque chose à la télévision. Il lui tournait le dos. Catherine attendit poliment, mal à l'aise. Il devait bien avoir remarqué sa présence, mais son regard ne quittait pas l'écran.

— Excusez-moi, puis-je réserver un film pour vendredi? demanda-t-elle enfin.

— Est-ce qu'il a un nom? demanda le commis à son tour, sans quitter la télévision des yeux.

Catherine demeura immobile. Ce garçon était impoli. Elle le fixa d'un air furieux, sans répondre.

Elle regarda le garçon se lever et appuyer sur le bouton «pause». Cela lui prit tellement de temps qu'on aurait cru voir un film au ralenti. Il se retourna enfin et saisit un stylo.

— Nom? grommela-t-il sans lever les yeux.

Pour la deuxième fois en une heure, Catherine était submergée par la colère, une colère si forte qu'elle ne put prononcer un mot. Elle se contenta de regarder l'employé, hors d'elle.

Le garçon dut remarquer son exaspération. Il leva enfin les yeux et s'éclaircit la voix.

— Je dois inscrire un nom sur le formulaire de réservation, expliqua-t-il d'un ton peu aimable mais tout de même plus poli.

— Catherine Ryan.

Il sourit d'un air narquois. Ses cheveux droits brun foncé étaient retenus en queue de cheval par un élastique. Il avait roulé les manches de sa chemise en jean, dévoilant ses bras forts et musclés. Il portait une veste de cuir sans manches de couleur caramel. Ses yeux étaient d'un bleu saisissant et il avait de longs cils noirs qui auraient fait l'envie de bien des filles. Toutefois, il n'avait pas l'air sympathique. Il observa Catherine des pieds à la tête. Puis, une lueur d'amusement brilla dans son regard.

— Je voulais dire le nom du film.

Catherine rougit. Comment avait-elle pu être aussi stupide?

—*Danse lascive*, dit-elle doucement, soudain embarrassée.

Elle aurait voulu qu'il s'agisse d'un autre film, de n'importe quel autre film.

Elle l'entendit marmonner «navet» entre ses dents tandis qu'il remplissait le formulaire. Il se retourna vers la télévision et appuya de nouveau sur le bouton «pause».

Catherine savait qu'elle pouvait partir, mais elle resta là. À l'écran, une femme aux cheveux foncés portant une robe rouge s'adressait à un groupe rassemblé dans un auditorium. Probablement des étudiants d'université.

— Vous êtes tous des enfants de l'ère atomique, disait-elle avec un drôle d'accent.

Ce n'était pas de l'anglais, mais cela y ressemblait beaucoup.

— Vous avez grandi avec cette réalité. Certains d'entre vous font probablement des cauchemars à cause de la guerre nucléaire.

Catherine s'appuya sur le comptoir.

— Aujourd'hui, l'Amérique possède de trente à trente-cinq mille armes nucléaires. C'est suffisant, selon le Pentagone, pour «surexterminer» chaque habitant de l'URSS quarante fois. L'URSS, quant à elle, a quelque vingt mille bombes, ce qui pourrait tuer chaque Américain vingt fois. Alors, qui est en avance et qui tire de l'arrière?

Catherine oublia qu'elle n'aimait pas le commis.

— Excuse-moi, dit-elle. De quel film s'agit-il? Qui est cette femme?

— Pourquoi veux-tu savoir cela? demanda-t-il.

Il n'avait pas l'air fâché. Il pressa le bouton «arrêt», rembobina la cassette et, pour la première fois, regarda Catherine droit dans les yeux. Il devait avoir dix-huit ou dix-neuf ans et Catherine remarqua qu'il était très joli avec son nez droit et son menton carré. Cependant, il ne semblait pas sourire facilement.

— Ce qu'elle dit... C'est si vrai. Fabriquer des bombes et tuer des gens est vraiment stupide. Et que veut dire «surexterminer», de toute façon? On ne meurt qu'une fois, non?

— Ce n'est pas à moi qu'il faut demander ça. C'est au Pentagone, aux Américains. C'est eux qui ont inventé ce mot.

Catherine était trop indignée pour s'arrêter.

— «Surexterminer», quelle sorte de mot est-ce

donc? répéta-t-elle, révoltée. Et dire que ce sont ces gens qui dirigent le monde, qui prennent toutes les décisions concernant les bombes et les missiles! C'est vraiment fantastique! Pourquoi est-ce que personne ne réagit?

Le commis la dévisageait, attentif.

— Ce sujet te tient à coeur? demanda-t-il.

— Bien sûr, répondit Catherine.

Elle serra les poings et les enfouit dans les poches de son manteau. «Quelle question!» pensa-t-elle.

Le garçon lui tendit la cassette.

— Tiens, dit-il. Prends-la.

Catherine se pencha pour saisir son sac à main.

— C'est gratuit.

— Pourquoi? demanda Catherine, étonnée.

— Parce que tu ne rigoles pas.

Il se pencha derrière le comptoir et lui tendit une autre cassette.

— Autant apporter celle-là tout de suite. Rapporte-les toutes les deux samedi.

Catherine regarda les cassettes qu'il venait de lui donner. *Danse lascive* et *Si cette planète vous tient à coeur.*

— Merci, dit-elle tandis que le garçon sautait par-dessus le comptoir et disparaissait dans l'arrière-boutique.

Chapitre 4

Elle était là. Enfin. Souriante comme lorsqu'elle venait de décrocher un autre A.

— Susie, s'écria Catherine en courant vers son amie, sa meilleure amie.

Puis, elle s'arrêta.

— Oh! j'aime bien ta nouvelle coiffure.

— C'est vrai?

Susie esquissa un geste de la main.

— C'est mon nouveau look. J'ai cru bon faire quelque chose pour que les autres remarquent qu'il y avait une nouvelle élève à l'école.

Elle sourit.

— Et ça a marché.

Elle avança dans le vestibule en se pavanant. Elle avait fait couper ses boucles et raser ses cheveux sur les tempes. «On dirait un peu une coupe à la Grace Jones», pensa Catherine en observant son amie.

Non pas que Susie ne fut pas jolie, au contraire. Toutefois, elle semblait quelque peu différente. Peut-être plus âgée, aussi. Catherine fronça les sourcils. Elle portait un vieux sweat-shirt noir, tandis que Susie avait choisi des jodh-purs noirs qui avaient dû coûter une petite for-tune, des bottes de cuir et un chemisier ivoire en soie.

«Que de changements en deux mois», se dit Catherine.

Monsieur Ryan suspendait le manteau de Su-sie, mais il dut remarquer l'air contrarié de sa fille.

— Ne t'en fais pas, ma chérie. Malgré sa nou-velle coiffure, c'est toujours la bonne vieille Su-sie, murmura-t-il en se dirigeant vers la cuisine.

Catherine redressa les épaules. Bien sûr. Son père avait raison. Depuis quelque temps, elle doutait de tout. Elle passerait deux heures seule avec sa meilleure amie avant que Karine et Mé-lanie n'arrivent pour la pizza, les films et le cou-cher. Autant en profiter.

— Viens, allons porter tes choses dans ma chambre, proposa-t-elle.

Susie sourit.

— Et bavardons. Je veux que tu me racontes tout ce qui s'est passé. Tout.

— Tu devrais voir Joey. Il la regarde sans arrêt, dit Mélanie à Susie.

— Oui, c'est ce que j'ai entendu dire. Il lui a demandé de l'accompagner à la soirée de danse, n'est-ce pas?

Catherine grimaça. Elle savait qu'elle n'aurait pas dû raconter à Susie sa conversation avec Joey.

— Catherine, gémit Mélanie, pourquoi ne m'as-tu rien dit? Nous pourrons aller à la danse ensemble. Toi et Joey, Anguille et moi.

Catherine s'en voulait énormément. Elle regrettait de s'être confiée à Susie.

— Ce n'est pas la même chose qu'Anguille et toi. Il a seulement dit qu'on se verrait là-bas, balbutia-t-elle.

Mélanie l'interrompit.

— Joey t'aime bien, Catherine, tu le sais. Il t'observe constamment en classe.

— Il est toujours à ton casier. Ça veut dire quelque chose, ajouta Karine.

— Je suis la partenaire de travail de Joey, c'est tout, expliqua Catherine à Susie. Il en arrache vraiment en anglais et en maths. Si on regardait le film, proposa-t-elle pour changer de sujet.

Les autres l'ignorèrent.

— Comment ça se passe cette année pour l'équipe de natation? demanda Susie à Mélanie.

— C'est pourri sans toi, répondit celle-ci. Tu aurais dû voir ce qui s'est passé lors de la confrontation entre les deux polyvalentes. Un véritable échec pour Degrassi. L'autre école a tout raflé, même le relais.

Les filles demeurèrent silencieuses en se rappelant l'humiliante défaite de leur école.

— On regarde l'écran, ordonna Catherine à ses amies. Prêtes pour le film? Vous avez tout?

— Attends, attends.

Il y eut quelques instants de désordre tandis que les quatre amies s'emparaient des oreillers et des couvertures, se chamaillant pour les meilleures places sur le canapé ou s'installant par terre.

— Hé! approche les chips, tu veux? demanda Susie tandis que Catherine allumait le vidéo.

«Espérons que ça marchera, pensa Catherine. Pourvu qu'elles veuillent le regarder autant que moi.»

Catherine avait lu le résumé sur la boîte de la cassette et avait appris que la femme était Hélène Caldicott, une professeure australienne qui avait donné des conférences contre les armes nucléaires partout dans le monde.

Le visage d'Hélène Caldicott apparut à l'écran.

— Commençons au début de l'ère nucléaire, disait-elle aux étudiants rassemblés. Einstein découvrit la formule $E = MC^2$, c'est-à-dire que l'énergie égale la masse de l'atome multipliée par la vitesse de la lumière au carré.

Mélanie grogna.

— Ce n'est pas *Danse lascive*.

— Après. Je veux d'abord vous montrer ce film. Il n'est pas long.

Catherine se mordit la lèvre. Ça ne marcherait probablement pas. Ce n'était ni l'endroit ni le moment pour regarder ce genre de film, mais si elles voulaient bien écouter ce qu'Hélène Caldicott disait...

— Et Einstein a dit : «La fission de l'atome a tout changé sauf la façon de penser de l'homme. Nous nous dirigeons donc vers une catastrophe sans précédent.»

— Je connais cette femme, déclara soudain Karine.

— Moi, je sais à qui elle me fait penser, ajouta Susie. Crocodile Dundee. Vous ne trouvez pas?

— Allez, les filles, écoutez, les supplia Catherine. Regardez, c'est Ronald Reagan quand il était acteur.

L'ancien président des États-Unis jouait le rôle d'un nigaud enrôlé dans l'armée de l'air, qui voulait qu'on lui permette de faire sauter l'ennemi.

Susie se mit à ricaner, mais elle sembla ennuyée lorsque Hélène Caldicott réapparut à l'écran.

— Une bombe à hydrogène est quatre fois plus grosse que toutes les bombes larguées durant la Deuxième Guerre mondiale.

— Hou! dit Mélanie. Je veux Patrick Swayze, pas elle, qui qu'elle soit.

— C'est cette professeure qui parcourt le monde en racontant comment nous allons tous finir, dit Karine. Catherine, je crois qu'on n'a vraiment pas besoin de voir ça. De toute façon, je ne pense pas que ce qu'elle prédit arrivera maintenant que les Soviétiques ont des relations pacifiques avec les pays de l'Ouest et laissent même les restaurants des grandes chaînes américaines s'établir à Moscou.

Catherine était exaspérée.

— Karine, l'Union soviétique possède encore de nombreuses armes nucléaires; ne te laisse pas duper. Il en va de même pour plusieurs pays. La Libye par exemple. Tout peut arriver. Nous pourrions encore sauter.

— En tout cas, pas avant que j'accompagne Anguille à la soirée de danse, plaisanta Mélanie.

Susie lui lança un oreiller et Mélanie le lui renvoya. Elles riaient à gorge déployée. Karine les observait en souriant.

Catherine se leva et changea tranquillement de cassette. Elles avaient gagné. Ce serait *Danse lascive*.

Sans enthousiasme, Catherine secoua les miettes de chips qui étaient tombées sur les coussins, puis s'effondra sur le canapé.

Ses amies étaient parties il y avait une demi-heure. Mélanie et Karine étaient rentrées chez elles, tandis que Susie allait rejoindre ses nouveaux amis au centre commercial près de chez elle.

Les cassettes. Catherine se redressa. Elle avait promis au garçon du club vidéo de les rapporter cet après-midi. Qu'avait-elle donc fait de l'autre film? Elle parcourut la pièce avec frénésie. La cassette était là, sous l'horaire de télévision. Elle alluma rapidement le vidéo et y inséra la cassette.

Catherine fut surprise. *Si cette planète vous tient à cœur* était un film canadien.

La caméra se déplaçait lentement, montrant le corps brûlé d'un jeune garçon de Hiroshima après que les Américains eurent lancé la bombe atomique. Un frisson parcourut Catherine. C'était horrible.

La dame australienne récitait calmement des statistiques.

— Certains experts prétendent que quatre-vingt-dix pour cent des Américains seront morts quatre-vingt-dix jours après une guerre nucléaire. Ils connaîtront une mort atroce, tout comme les Canadiens, précisa-t-elle.

Catherine sentit la panique monter en elle. C'était pire que tout ce qu'elle avait pu éprouver avant un examen.

— Si jamais une attaque nucléaire se produit, les survivants envieront ceux qui auront péri, continua la professeure Caldicott.

Catherine serra ses genoux très fort. Elle ferma les yeux et imagina le champignon atomique qui s'élèverait au-dessus de la ville, tout comme il l'avait fait au-dessus de cette ville du Japon. Magnifique, rougeoyant, diabolique.

Elle frotta son front contre ses genoux. Elle

était trop effrayée pour bouger. Elle avait honte d'elle-même. La femme dans le film — Hélène Caldicott — n'était pas une poule mouillée. C'était une femme d'action. Elle ne se contentait pas de se blottir dans un fauteuil. «Je veux être comme elle», se dit Catherine en retirant la cassette du vidéo et en se dirigeant vers la porte.

Le club vidéo était bondé de gens à la recherche d'un film pour le samedi soir. Le commis à la queue de cheval était occupé à la caisse et ne leva pas les yeux lorsque Catherine entra. Les épaules de la jeune fille s'affaissèrent, trahissant sa déception. Elle aurait voulu lui parler.

Elle se contenta de déposer les deux cassettes sur le comptoir, près de lui.

— Voilà, dit-elle d'une voix calme.

Elle s'apprêtait à sortir lorsqu'il leva la tête.

— Catherine? Viens me voir lundi, d'accord? dit-il en désignant la cassette d'Hélène Caldicott.

Catherine sentit son coeur battre plus vite. «Il s'est souvenu de mon nom, pensa-t-elle. Il s'est souvenu de mon nom.»

Chapitre 5

Le lundi suivant, Catherine fut la première à sortir de la classe lorsque le dernier cours fut terminé. Joey la rejoignit devant son casier.

— Et puis, où est-ce qu'on s'installe?

Catherine se tourna vers Joey. Qu'avait-il dit?

— Catherine, ne me dis pas que tu as oublié!

Les périodes d'étude. Elle avait complètement oublié. D'une main, elle se couvrit la bouche. Elle avait promis à Joey qu'ils étudieraient lundi après les cours. Automatiquement, son regard se tourna vers la porte principale. Il fallait qu'elle aille au club vidéo. Elle devait parler à ce garçon.

Les yeux bruns de Joey devinrent soudain sérieux.

— Nous travaillons ensemble, n'est-ce pas?

— Je ne peux pas, lâcha Catherine. Du moins, pas aujourd'hui. Demain, d'accord? Je dois... je dois... aller chez le dentiste.

Elle jeta un coup d'oeil à sa montre.

— Je dois être là à seize heures. Navrée.

Catherine ferma brusquement la porte de son casier et courut jusqu'à la porte sans même prendre le temps d'enfiler son manteau.

Le club vidéo était désert. De la vitrine, Catherine scruta le local d'un air anxieux. Et s'il n'était pas là? Puis, elle aperçut soudain à la hauteur de son visage une longue paire de jambes moulées dans des jeans ajustés. Il était dans la vitrine en train de poser une affiche annonçant un film pour enfants. Le regard de Catherine monta jusqu'à la figure du garçon. Il lui souriait.

— Salut, dit-elle timidement en ouvrant la porte.

Il sauta de la vitrine, toujours souriant.

— Tu es venue, dit-il.

— Tu me l'as demandé, répondit Catherine.

— Ouais, reconnut-il. Qu'est-ce que tu en penses?

Catherine se rendit compte qu'il voulait parler du film.

— Je ne veux pas que... je veux dire, ça ne peut pas... Ça ne doit pas arriver, bégaya-t-elle.

Il la dévisagea, mais son visage n'était pas dur.

— Ça t'a bouleversée, n'est-ce pas?

Il posa sa main sur son épaule et la guida vers une chaise près de la télévision. Puis, il se hissa sur le comptoir et s'assit en face d'elle. Il semblait maintenant beaucoup plus gentil, beaucoup plus sympathique.

— Ça en dit pas mal plus que *Danse lascive*, n'est-ce pas? demanda-t-il avec un sourire narquois.

— Ce n'est pas ce que mes amies ont pensé, rétorqua Catherine d'un air triste, sans oser lever les yeux vers lui.

— Tu n'es pas comme tes amies, dit-il doucement.

Catherine releva brusquement la tête. Comment pouvait-il savoir?

— La plupart des jeunes cégépiens ne veulent pas voir la réalité en face. Ils ne veulent pas savoir ce que les gens comme Caldicott ont à dire, poursuivit-il.

Catherine acquiesça.

— Ce qu'elle dit est terrifiant.

Elle n'avait pas l'intention de lui dire qu'elle n'allait pas encore au cégep et qu'elle n'avait que quatorze ans. Pas tout de suite, en tout cas.

— Mais ça m'a fait beaucoup réfléchir. Les personnes qui ne feront que regarder une explosion nucléaire deviendront aveugles, et ce, même si elles se trouvent à plus de soixante-cinq kilomètres de là.

Catherine ne pouvait plus s'arrêter.

— Elle a également dit que même celles qui auront pu se réfugier dans un abri antiatomique mourront asphyxiées, car tout ce qui se trouvera dans un périmètre de cinq mille kilomètres sera dévoré par les flammes et le feu consumera tout l'oxygène. Elle a ensuite ajouté qu'il y a quelques années, quelqu'un aux États-Unis a commis une erreur et la terre entière a été menacée d'explosion nucléaire durant six minutes. Il aurait pu tous nous faire sauter. C'est incroyable!

— Ce ne sera peut-être pas une bombe qui nous tuera, car il existe d'autres dangers. De réels dangers. Et ce, tout près de nous.

— Tout près de nous?

Elle avait poussé un petit cri. Soudain, elle se souvint de quelque chose.

— Tu veux parler de cette grosse centrale nucléaire, en bordure de l'autoroute?

Il fit un signe affirmatif.

Catherine se rappelait avoir visité cette centrale avec sa classe de secondaire I. Le guide avait été plutôt amusant, affirmant que l'énergie nucléaire n'était pas ce qu'il y avait de mieux au monde, mais que ce n'était pas très cher et que c'était une source d'électricité fiable.

— Quel est donc le problème avec la centrale nucléaire? demanda Catherine.

Elle prit son courage à deux mains.

— Et, à propos, quel est ton nom? ajouta-t-elle.

— Je m'appelle Robert. As-tu déjà entendu

parler du tritium? demanda-t-il.

Non, ce mot lui était inconnu.

— C'est radioactif. C'est un gaz et c'est l'un des déchets des réacteurs nucléaires. Je ne suis pas le seul à croire que c'est dangereux. Il y a une installation à la centrale qui sert à retirer le tritium de ce qu'ils appellent l'eau lourde, c'est-à-dire le liquide dans lequel baigne le tritium. Ils ont probablement l'intention de le vendre.

— Pour en faire quoi?

Catherine écoutait avec beaucoup d'attention.

— Probablement des bombes atomiques, répondit Robert en posant ses yeux bleu acier sur elle. Tu sais, la même sorte de bombe dont il est question dans le film. Celle qui nous fait briller dans l'obscurité.

— Non, protesta vivement Catherine, le souffle coupé. C'est impossible.

— C'est pourtant la vérité, répliqua Robert sur un ton inflexible. Des camions chargés d'eau lourde contenant du tritium s'amèneront bientôt à la centrale. Ils viendront de toutes les centrales nucléaires des environs.

— C'est impossible, répéta Catherine, glacée de peur.

— Tu devras pourtant le croire lorsque le premier accident de camion sur l'autoroute fera les manchettes. Des déchets nucléaires envahiront les terres arables et pollueront l'eau que nous buvons. Tous les politiciens se jetteront alors sur l'affaire, déclarant qu'ils savaient depuis le début que le tritium ne devait pas être transporté par camion. Mais il sera alors trop tard.

Catherine avait la tête qui tournait.

— Mais cette femme dans le film n'a pas parlé du tritium.

Robert lui lança un regard dédaigneux.

— C'est un vieux film. Il a été fait en 1982.

Tout à coup, Catherine pensa à quelque chose.

— Pourquoi ne m'as-tu pas compté la location? demanda-t-elle.

— La cassette n'appartient pas au club. Elle est à moi, répondit-il.

Il bougea son long corps élancé sur le comptoir.

— Je l'ai achetée avec mon premier chèque de paye, expliqua-t-il avec un petit sourire de fierté. Quelques-uns de mes amis en possèdent également une copie.

Catherine était impressionnée. Ce devait être super d'avoir de tels amis.

— Est-ce que tes amis et toi en avez discuté?

— Oui. Nous nous réunissons presque toutes les semaines et nous partageons ce que nous avons appris au cours de nos lectures avec le reste du groupe. Ces rencontres d'information sont parfois des plus animées : nous discutons et argumentons beaucoup.

De nouveau, il lui adressa un sourire, puis la regarda d'un air songeur.

— Tout le monde est bienvenu, dit-il lentement. Tu peux venir aussi si tu en as envie. Les réunions ont lieu le mardi. Nous nous rencontrons donc demain. Je vais t'écrire l'adresse.

— Oui, je t'en prie. J'aimerais bien y aller.

Catherine avait peine à croire que tout cela était réel.

Robert alla derrière le comptoir pour prendre un crayon et une feuille de papier.

— Voilà le trajet, commença-t-il, traçant une carte en quelques coups de feutre rapides.

Catherine se leva et se pencha au-dessus du comptoir pour mieux voir. Leurs têtes se touchaient presque tandis qu'ils se concentraient tous deux sur le plan. Ni l'un ni l'autre n'entendirent la porte du local s'ouvrir lorsque quelqu'un entra.

— C'est là qu'habite l'un de mes amis, disait Robert. Sois là à vingt heures et je m'assurerai d'arriver avant toi.

Le sourire reconnaissant de Catherine s'effaça brusquement. Joey se tenait juste derrière Robert, l'air furieux.

Robert se retourna.

— Oui? dit-il.

Joey jeta un regard haineux à Robert et s'approcha légèrement de Catherine.

— Alors c'est ça, dit-il. Le dentiste, hein?

Instinctivement, Catherine s'éloigna de Joey, de sa colère.

— Tu as menti, accusa Joey en la regardant droit dans les yeux, ignorant Robert, les cassettes, tout ce qui se trouvait dans le local. En fait, tu sembles pas mal menteuse.

Catherine ne put soutenir son regard. Elle jeta un coup d'oeil autour d'elle, affolée, comme si elle cherchait un endroit où se cacher. Elle se sentait prise au piège et effrayée. Son coeur battait à tout rompre. Le visage lui démangeait à mesure que des gouttelettes de sueur commençaient à perler sur sa peau. Elle ne voulait plus entendre ce que Joey pourrait encore ajouter.

Robert sentit sa panique.

— Tu as besoin de quelque chose, vieux? demanda-t-il.

Il fit le tour du comptoir et se planta devant Joey.

Lentement, Joey quitta Catherine des yeux et regarda Robert.

— Plus maintenant, répondit-il d'un ton furieux.

Il tourna les talons et sortit.

Robert jeta un coup d'oeil en direction de Catherine.

— C'est un de tes amis? demanda-t-il.

Catherine fixa la porte que Joey venait tout juste de claquer.

— Non, répondit-elle.

Chapitre 6

Il faisait noir à l'extérieur. Catherine appuya son visage contre la vitre froide de l'autobus qui avançait bruyamment, secoué de soubresauts, dans les rues du centre-ville. Elle pensait au mensonge qu'elle avait raconté à sa mère.

Madame Ryan épluchait les pommes de terre devant l'évier lorsque Catherine était rentrée de l'école.

— J'avais pensé prendre congé ce soir, lui avait annoncé sa mère d'un ton joyeux. Si on allait au cinéma après le souper? Ça fait si longtemps.

Pour une fois que sa mère s'accordait quelques heures de repos. Quelle chance. Catherine s'était efforcée de trouver les bons mots.

— Désolée, maman. Je ne peux pas ce soir. Je... j'ai dû oublier de t'en parler. Je dois aller à la bibliothèque pour une... une période d'étude avec un garçon de ma classe.

Catherine avait remarqué l'expression perplexe de sa mère.

— C'est monsieur Racine qui nous demande de le faire, pour améliorer les notes de certains élèves, s'était-elle empressée d'ajouter. Pas les miennes. Elles sont bonnes. Je dois aider quelqu'un et le mardi est le seul soir où nous pouvons nous rencontrer.

Elle avait souri pour s'excuser et était sortie rapidement de la cuisine, les joues en feu. Mentir à sa mère. Son estomac s'était noué. Dans sa tête, elle pouvait entendre Joey dire : «En fait, tu sembles pas mal menteuse.» Pourtant, il n'y avait aucune autre solution. Elle devait mentir; elle ne pouvait courir le risque que sa mère refuse de la laisser aller au centre-ville seule le soir pour assister à une réunion avec de parfaits inconnus.

L'autobus poursuivait son parcours. Catherine pensait à Joey. Ce matin-là, elle avait décidé de lui présenter des excuses et de lui expliquer, mais quoi? Chose certaine, il n'était pas question de lui parler de Robert et de la réunion. Elle ne pouvait parler de cela à personne.

Mais, finalement, elle n'avait pas eu à mentir. Joey avait été très amical. Il n'avait pas manqué de venir la saluer à son casier. Catherine n'en revenait pas. Il lui avait paru si gentil.

— Joey, je suis désolée à propos...

— Hé! ne t'en fais pas. Laisse tomber, avait-il dit pour mettre fin à ses excuses. On remet ça à la semaine prochaine, d'accord?

Catherine avait ressenti un tel soulagement qu'elle avait eu envie de serrer Joey dans ses bras.

Joey s'était appuyé sur le casier voisin, tout près d'elle.

— Avant, toutefois, avait-il dit sur un ton intime, je te verrai à la danse.

Catherine, soudain intimidée et très nerveuse, s'était contentée de faire un signe de tête affirmatif.

— Très bien, alors. À bientôt.

Joey s'était redressé, avait soulevé le bord de son chapeau et s'était éloigné dans le corridor d'un pas nonchalant.

Catherine jeta un coup d'oeil par la vitre de l'autobus. Où l'ami de Robert habitait-il? Elle regarda le bout de papier sur lequel elle avait griffonné l'adresse que Robert lui avait donnée. L'autobus était passé devant toutes les boutiques et restaurants à la mode et leurs lumières rassurantes. Maintenant, il sillonnait des rues où se dressaient des édifices sombres et sinistres. Les trottoirs étaient déserts. Elle devait descendre au prochain arrêt. Catherine frissonna. Et si elle demeurait assise là, en sécurité et au chaud dans l'autobus, se contentant de retourner chez elle et d'aller retrouver son lit? Mais elle perdrait alors la chance de servir une cause importante.

Elle saisit son sac à main et ses mitaines, se glissa sur la banquette, remonta l'allée de l'autobus en chancelant et descendit.

L'autobus s'éloigna avec bruit. Mais où était le 942? Robert avait dit que l'autobus s'arrêtait juste devant, mais Catherine ne voyait aucune porte. Devant elle se trouvait une fenêtre sale brisée dans un coin. On ne pouvait apercevoir à l'intérieur qu'un oreiller si crasseux qu'il était impossible d'en deviner la couleur.

De nouveau, un frisson parcourut Catherine. Cet endroit était horrible. Que faisait-elle ici? Elle sentit quelque chose bouger près d'elle. Elle poussa un cri, le coeur battant, et sursauta.

Un chat tigré s'éloigna paresseusement de sa jambe, fit un bond par-dessus les bottes de Catherine et, avec un arrogant petit coup de queue, se dirigea en se pavanant vers une porte que Catherine n'avait pas encore remarquée. Elle était en retrait, entre la fenêtre sale et un lugubre édifice en briques, et on y avait posé un écriteau sur lequel était griffonné : «Expédition et réception à l'arrière».

On pouvait également lire sur la porte «942» peint en rouge.

«Ça n'a pas l'air d'un endroit habitable», pensa Catherine. Mais elle frappa tout de même à la porte, fort et avec insistance. Elle ne voulait pas rester dans cette rue sombre et déserte une minute de plus.

Elle entendit un bruit de bottes qui descendaient les marches et un premier, puis un second cliquetis de verrou. La porte s'ouvrit et Robert apparut. Le chat bondit à côté de lui et grimpa l'escalier.

Durant un instant, Robert parut décontenancé. Puis, il aperçut Catherine, lui sourit et tint la porte ouverte pour la laisser entrer.

— Salut, dit-il.

Catherine le suivit jusqu'en haut. Il n'y avait pas de lumière dans l'entrée et quelqu'un avait remisé une bicyclette dans la cage d'escalier. Catherine la heurta. Robert se retourna et lui tendit la main. Il ne dit pas un mot et ne la regarda pas non plus. Catherine inspira profondément et saisit la main de Robert. Il la lâcha lorsqu'elle parvint en haut de l'escalier et lui fit signe de le suivre dans un autre couloir qui menait au salon, à l'avant de l'appartement. Catherine ressentit une sensation de brûlure à la main, là où Robert l'avait touchée. Toutefois, il ne lui retoucha plus et ne lui adressa même pas un regard lorsqu'ils pénétrèrent dans la pièce exiguë et en désordre.

Un garçon très grand qui se tenait près de la fenêtre la regarda entrer.

— Voici Derek, dit Robert.

Il parlait tellement bas que Catherine dut tendre l'oreille pour l'entendre.

Derek était si grand et mince que Catherine se demanda s'il n'avait pas été malade. Il était très pâle et ses cheveux blonds ondulés n'étaient pas peignés. Il passait sa main dans sa chevelure sans arrêt. Catherine remarqua que ses ongles étaient rongés jusqu'au sang.

Cependant, les yeux bruns de Derek étaient si perçants qu'ils semblaient voir à travers elle.

— Salut. On t'attendait. Robert nous a dit que tu venais cette semaine. Tant mieux, on a besoin de relève.

Derek lui adressa un large sourire et Catherine eut l'impression qu'une décharge électrique l'avait parcourue.

Ce n'était pas comme lorsqu'on a le béguin pour quelqu'un. Il s'agissait d'un phénomène tout à fait différent. Catherine se sentait survoltée, excitée, spéciale. Que disait-on à propos de ces gens que l'on appelait des «meneurs d'hommes»? Quel était donc le mot qui désignait cette qualité que possèdent ceux qui ont plus que du charme, plus que de la puissance? Du charisme, voilà le mot qu'elle cherchait.

Et Derek en avait.

Robert disparut dans un coin de la pièce tandis que Derek présentait Catherine à Karen et à Déborah. Les deux filles étaient assises sur un canapé vert olive poussiéreux situé derrière Catherine. Soulagée de voir qu'il y avait d'autres filles, elle leur sourit.

Elles paraissaient avoir environ dix-huit ans. Déborah, repoussant ses longs cheveux bruns de son visage d'une main fine et élégante, s'alluma une cigarette avec celle que lui tendait Karen. Elle ne leva pas les yeux en s'adossant au canapé et exhala une bouffée de fumée.

«Elle est ravissante, absolument ravissante, constata Catherine en inspirant. Et séduisante.» Le long de son bras, par-dessus sa tunique noire en tricot, elle portait une douzaine de fins bracelets argentés. Ils brillaient dans la pénombre de la pièce et émettaient un bruit doux et mélodieux chaque fois que Déborah bougeait.

Karen, par contre, n'était même pas jolie. Son nez était trop long et son visage, trop étroit. Mais elle avait quelque chose de frappant. Elle portait une longue robe noire à capuchon. Catherine l'observa. Les manches avaient été coupées. On aurait cru qu'il s'agissait de l'un de ces vêtements que portaient les moines il y a très longtemps. Bien que ce fût presque l'hiver, les bras de Karen étaient nus. Cela mettait encore plus en évidence ses longs ongles vernis de vert. Ses cheveux courts noirs comme jais étaient teints. Sa peau était très pâle et ses yeux paraissaient immenses et noirs en raison du trait de crayon de khôl qui les soulignait. Elle avait également peint ses lèvres de rouge vif et des pendants d'oreilles en forme de squelette lui balayaient les épaules.

Karen leva les yeux, mais pas en direction de Catherine. Son sourire s'adressait à Derek.

— Salut, dit Catherine de toute façon.

Mais sa voix était trop aiguë. Elle savait bien

que ces filles l'avaient jaugée au premier coup d'oeil. Elle était également convaincue qu'elles la rejetteraient parce qu'elle était trop jeune.

Catherine se sentit ridicule avec ses jeans, son maillot à rayures et ses baskets bleus. «J'ai l'air si jeune que j'aurais pu tout aussi bien nouer un ruban dans mes cheveux», pensa-t-elle avec dédain.

Derek se dirigea de nouveau vers son poste près de la fenêtre, où se trouvait une vieille chaise de bureau en chêne et — Catherine l'aperçut pour la première fois — une simple table de contre-plaqué qu'on avait poussée contre la fenêtre. Elle était couverte de tasses de café, de journaux et de revues portant sur l'environnement.

Personne ne lui proposa de s'asseoir. Ils buvaient tous du café, mais on ne lui en offrit pas non plus. Elle n'en voulait pas de toute façon. Elle ne buvait pas de café et, dans les circonstances, elle serait morte avant de demander un verre de lait. Rapidement, elle marcha vers le fauteuil branlant qui se trouvait dans un coin et s'y laissa tomber, soulagée. Elle aurait voulu disparaître.

Elle se rendit compte trop tard qu'elle venait de prendre la place de Robert. Celui-ci se jucha sur le bras du fauteuil et Catherine crut voir les filles échanger un regard.

— Robert, il y a de la place ici.

Déborah décroisa ses longues jambes minces

et se glissa à l'autre bout du canapé. Elle posa délicatement un bras sur le dossier du sofa et tapota de l'autre main la place libre à côté d'elle.

C'était fascinant. Catherine n'avait jamais vu quelqu'un de si élégant. Déborah bougeait avec tellement de grâce. Tandis qu'elle fixait la séduisante jeune fille, son coeur se serra. Déborah déployait tous ses charmes pour Robert. Ses yeux verts de félin étincelaient et son sourire était des plus invitants. Mieux valait mettre une croix sur Robert. Personne n'avait la moindre chance contre Déborah.

Robert, toutefois, ne bougeait pas. À côté d'elle, Catherine le sentit se contracter, puis se détendre.

— Je suis bien ici, répondit-il sur un ton cassant.

Un silence envahit la pièce tandis que trois paires d'yeux dévisageaient Catherine. «Dans quoi me suis-je embarquée?» se demanda Catherine en écoutant son coeur battre la chamade.

Chapitre 7

— Nous commençons généralement nos séances en parlant de ce qui a paru dans les journaux récemment, expliqua rapidement Derek à Catherine, rompant le silence embarrassé. Mais il y a eu sacrément peu d'articles cette semaine et nous devrions peut-être discuter de ce point.

Catherine détestait les gens qui juraient. Ses yeux parcoururent la pièce. C'était sale et miteux; et qui étaient ces gens, après tout? Elle n'aurait pas dû venir.

— Les gens sont tellement absorbés par leurs stupides bacs bleus qu'ils croient que le problème est résolu, grommela Robert.

Karen rit.

— Oui, ils pensent qu'ils ont sauvé le monde avec un contenant en plastique.

Catherine serra son manteau autour d'elle, comme pour se protéger. Elle n'aimait pas ce qu'ils disaient. Elle approuvait le programme de recyclage de la ville qui consistait à remettre des bacs de plastique bleu clair à tous les résidants pour récupérer les contenants en verre et les boîtes de conserve. Cependant, elle ne pouvait l'avouer. Elle était trop effrayée. Déborah était la seule qui daignait la regarder, mais elle lui adressait des regards plutôt méprisants. Catherine aurait voulu être ailleurs.

Robert fit une autre plaisanterie à propos des bacs bleus et tout le monde rit, surtout Déborah.

Catherine se tortilla sur son fauteuil. Robert souriait et regardait en direction du canapé. Après tout, Déborah et lui sortaient peut-être ensemble. Robert se tenait peut-être tout près d'elle simplement parce qu'il voulait récupérer son fauteuil. Elle ferait mieux de trouver une excuse pour partir — et vite.

Pourtant, Catherine s'entendit prendre la parole.

— Je ne comprends pas.

Derek pivota pour lui faire face.

— Il faut prendre le taureau par les cornes, expliqua-t-il. Nous y passerons tous un jour ou l'autre si nous nous contentons de régler les petits problèmes et refusons de voir les grands.

En trois enjambées, Derek avait parcouru la pièce. Il se tenait maintenant juste devant elle. S'agenouillant, il la regarda dans les yeux avec intensité.

— Écoute, dit-il, comme s'ils n'étaient que tous les deux dans la pièce. Bien sûr que nous approuvons tout ce qui peut aider l'environnement. Nous ne sommes pas fous. Nous savons que le programme de recyclage est fantastique. Nous sommes heureux que les gens se préoccupent enfin des matières chimiques qui se retrouvent dans l'eau que nous buvons. Nous sommes également très fiers que les gens intelligents arrêtent de fumer et de polluer l'air que nous respirons.

Il se tourna vers le canapé. Déborah semblait indifférente, mais elle écrasa pourtant sa cigarette. Karen, par contre, avait l'air coupable.

— Et nous sommes contents que les gens s'inquiètent enfin de la disparition de la couche d'ozone, la seule chose qui nous sépare des rayons ultraviolets du soleil.

— Ce ne sont pas de petits problèmes, répliqua Catherine, les yeux fixés sur ses genoux.

Derek s'assit sur ses talons et la regarda; une expression nouvelle était apparue sur son visage. Était-ce du respect?

— En fait, commença Karen, les gens ont oublié le véritable problème des bombes atomiques.

Elle regardait Derek d'un air anxieux, comme si elle cherchait son approbation.

— Tout le monde aime bien Gorbachev maintenant qu'il est à la tête de l'Union soviétique.

Tous le croient lorsqu'il affirme que l'URSS ralentira encore davantage sa production de missiles. Aux yeux de bien des gens, le problème nucléaire est chose du passé.

Catherine aurait voulu que Karine-je-sais-tout entende cela.

— Caldicott n'attire pas les foules, dit Derek.

— Il n'y a presque plus personne qui demande la cassette, renchérit Robert. Catherine est la seule à l'avoir fait depuis que je travaille au club. La plupart des gens n'ont jamais entendu parler du film.

— Mais je n'en avais pas entendu parler non plus avant de le voir au club, protesta Catherine. Comment aurais-je pu savoir qu'il existait?

— Où étais-tu donc? demanda Déborah en fronçant les sourcils. Le film a gagné un oscar en 1983 avant que le gouvernement américain ne décide qu'il s'agissait de propagande et ne le désapprouve. Tout le monde a entendu parler de cette histoire.

Catherine fixa le mur derrière Déborah. Que faisait-elle donc en 1983? Elle jouait à la poupée, voilà ce qu'elle faisait. Elle eut un serrement de coeur. Elle était complètement dépassée par ce qu'elle entendait.

— Ouais, tout le monde a entendu cette histoire. Cette année-là. Ensuite, tous ont oublié. C'est plus facile de ne pas trop penser à ces choses.

Robert semblait amer.

— Vous savez, il fut un temps où l'on organisait des manifestations et des marches auxquelles participaient des milliers de personnes dans le but de faire changer des choses.

Il rit brièvement.

— On occupait même des locaux. Croyez-moi, les gens n'hésitaient pas à envahir des bureaux — d'ailleurs, cela s'est produit à maintes reprises dans les universités au cours des années soixante — et ils ne renonçaient pas avant d'avoir obtenu ce qu'ils désiraient.

Il se tut. Personne ne parlait dans la pièce. Catherine n'osait même pas respirer. Robert bondit de son siège et se planta devant le petit groupe, les mains sur les hanches. Il leur lança un regard furieux.

— De nos jours, personne ne va plus jusqu'au bout pour défendre ce en quoi il croit. Personne. Nous non plus. Ni les jeunes dans les écoles, d'ailleurs. Tout le monde s'en...

— Robert, pour l'amour du ciel! Nous parlions justement de ces femmes de Greenham la semaine dernière. Tu ne peux pas dire qu'elles n'ont rien fait.

Karen semblait exaspérée.

Catherine fronça les sourcils. Les femmes de quoi? Elle n'en avait jamais entendu parler.

— Qui? laissa-t-elle échapper.

Elle vit Déborah rouler les yeux en regardant Karen.

— Elles sont vraiment étonnantes, commença

Robert. La semaine dernière, nous avons beaucoup lu et en avons appris beaucoup à leur sujet. Elles ont mis sur pied l'une des campagnes pour le désarmement nucléaire les plus efficaces du monde. Certaines d'entre elles campent à Greenham depuis 1981, et ce, beau temps mauvais temps. Elles ont déjà été des milliers; aujourd'hui, il n'en reste probablement pas cent, pas même vingt. Mais elles forment une vraie communauté pacifique.

Il se retourna afin de regarder Catherine droit dans les yeux.

— Et elles ne lâchent pas, même si les Soviétiques et les Américains prétendent qu'ils retireront bientôt tous leurs missiles de là. Ces femmes s'assurent que toutes les opérations se déroulent sans danger. De plus, elles protestent toujours parce qu'aucune des ogives n'est détruite; on se contente de les transporter ailleurs en Europe.

— Reviens un peu en arrière, l'interrompit soudain Derek, et explique-lui que ces femmes campent à proximité d'une base de l'armée de l'air britannique, à environ quatre-vingts kilomètres de Londres.

Catherine se demanda s'il était professeur. Il semblait aimer expliquer et organiser.

— Elles s'inquiétaient à propos de cette base militaire, poursuivit Robert, parce qu'elle était également utilisée pour entreposer de nombreux missiles nucléaires américains. Ce qui n'était supposé être qu'une de ces jolies régions de la campagne anglaise était en fait l'endroit où les pays de l'Ouest avaient décidé d'établir leur base d'attaque nucléaire.

S'interrompant à qui mieux mieux, Derek et Robert donnèrent une description détaillée de ce qu'avait été la vie de ces femmes. Catherine pouvait presque voir les quelques tentes, la boue, les sept grilles interdisant l'accès à la base.

Les femmes cuisinaient et se chauffaient avec des feux de camp; elles dormaient, tout emmitouflées, dans des tentes individuelles. Elles n'avaient pas beaucoup de casseroles car les policiers confisquaient généralement tout ce qu'ils pouvaient lors de leur visite quotidienne. C'était illégal de camper sur la propriété publique, mais les femmes de Greenham contestaient aussi ce règlement-là.

Une fois par jour, elles faisaient sauter une bouche d'incendie, c'était la seule façon d'obtenir de l'eau. Il n'y avait pas d'électricité. Même les toilettes portatives étaient un luxe, car les policiers les emportaient aussi pour inciter les femmes à partir.

Derek se leva et se dirigea vers son bureau. Il prit quelques journaux et magazines.

— La plupart d'entre eux datent d'il y a deux ans, déclara-t-il. Il n'y a pas eu beaucoup d'articles sur ces femmes récemment. Seulement de petits entrefilets concernant celles qui sont toujours là et qui regardent les autres partir. Je suppose que ça n'a plus beaucoup d'intérêt maintenant. Certains journalistes, toutefois, ont décrit ces femmes comme de vraies guerrières, comme de véritables héroïnes.

Catherine jeta un coup d'oeil sur les articles. Derek avait raison. Son attention fut attirée par des qualificatifs comme «courageuses» et par des descriptions commençant par «les reines de la guerre». Elle ferma les yeux. Imaginez, sacrifier sa vie et abandonner ceux qu'on aime pour défendre une cause. En fait, ce n'était pas exactement sacrifier sa vie, puisque aucun article ne rapportait de décès; toutefois, elles avaient certainement abandonner le confort de leur maison de banlieue.

— Est-ce que les habitants de la ville les supportent vraiment? demanda Catherine.

Elle fut surprise lorsque Karen lui répondit. Pour la première fois, la fille aux yeux noirs lui adressait la parole.

— Voilà le problème, dit-elle. C'est ce que je pensais aussi. Solidarité féminine, n'est-ce pas? Nous avons lu des articles la semaine dernière qui disaient que certains aidaient les femmes en leur apportant de la nourriture et des vêtements; cependant, on rapportait aussi que bon nombre des habitants de la ville commencent à les détester. Ils croient qu'elles sont malpropres, provocatrices. On les a même accusées d'être homosexuelles parce qu'elles refusent que des hommes se joignent à la protestation alors qu'en fait, c'est tout simplement parce que ce sont des hommes qui dirigent l'armée. Tiens, lis ça.

Karen se leva, prit la pile de journaux et de magazines qui se trouvaient sur les genoux de Catherine et chercha un article qu'elle lui tendit.

Se penchant au-dessus de Catherine, elle désigna un passage dans un vieux journal. Le journaliste avait remarqué un écriteau dans la fenêtre d'un salon de thé de la ville la plus proche; on y lisait : «Interdit aux femmes de Greenham».

Catherine était consternée.

— C'est dégoûtant. Comment les gens peuvent-ils être aussi cruels?

Robert sourit tristement.

— Je ne sais pas comment, mais ils le sont.

Derek était de retour à son poste de commandement près de la fenêtre. Il fit pivoter la chaise de bois afin d'allonger ses jambes sur l'une des piles de journaux posés sur la table.

— Mais, quand on y pense, demanda-t-il enfin, qu'est-ce que ces sacrées femmes ont réussi à faire? En un mot, à quoi sert leur protestation?

Catherine demeura bouche bée. Comment osait-il poser une question pareille? Elle croisa les bras d'un air de défi. Elle n'était plus sous l'emprise des paroles de Derek.

À côté de Catherine, Robert s'agita. Catherine sentit son excitation. Karen et Déborah, elles, étaient assises et écoutaient attentivement.

— Elles l'ont fait parce qu'elles devaient le faire, et c'est tout ce qui compte, dit Karen.

— C'est faux. Elles ont agi ainsi parce que c'était la seule façon d'attirer l'attention des gens, protesta Robert d'une voix forte.

— Peut-être, continua Derek, l'air malin, l'ont-elles fait parce qu'elles s'ennuyaient à mourir dans leur petite maison de banlieue.

— Et peut-être pas, répliqua Karen.

Catherine suivait la discussion comme elle aurait regardé un match de tennis, les yeux rivés sur la balle qui rebondissait d'un joueur à l'autre. Toutefois, la conversation était beaucoup plus excitante que n'importe quel match de tennis. Elle n'avait jamais entendu un débat animé comme celui-là auparavant.

Elle était là, dans cette pièce, avec quatre autres personnes — peut-être des étudiants d'université — qui discutaient de choses vraiment importantes.

On ne parlait pas de vêtements, de garçons ou de disques, mais de la guerre nucléaire, de ce que l'on pouvait faire pour protester et changer la situation. Et elle, Catherine Ryan, était là avec eux.

Déborah s'était également contentée d'écouter. Jetant un coup d'oeil à sa montre, elle se leva et annonça qu'il était vingt et une heure trente et que ceux qui voulaient assister à la pièce au café-théâtre du coin feraient mieux de partir.

Derek et Karen allèrent chercher leur manteau. Catherine regarda Robert timidement. Y allait-il aussi? Mais il se leva, lui tendit la main pour l'aider à se lever et lui demanda si elle rentrait chez elle en autobus.

Catherine acquiesça.

— Je t'accompagne, alors, dit-il.

Elle sentit le regard perçant de Déborah dans son dos.

— Robert? dit la fille. Tu viens?

— Non.

Il ne réagit pas malgré les éclairs de colère que lançaient les yeux de Déborah. Sans ajouter un mot, celle-ci quitta l'appartement d'un air indigné. Derek et Karen hâtèrent le pas pour la rejoindre.

— Ferme à clé, tu veux bien? cria Derek à Robert.

Robert acquiesça et attendit Catherine sur le pas de la porte. Vérifiant que celle-ci était bien verrouillée, il fit signe à Catherine de le suivre dans l'escalier obscur. Une fois dehors, ils attendirent l'arrivée de l'autobus. Cette fois, cependant, Catherine se sentait en sécurité dans la rue sombre et sinistre.

— Veux-tu revenir la semaine prochaine? demanda soudain Robert.

Catherine écarquilla les yeux. Tu parles! Qu'on essaie un peu de l'en empêcher! L'autobus arriva en faisant un bruit de ferraille. Catherine eut le temps de rassembler ses idées tandis qu'ils montaient et s'installaient à l'arrière du véhicule.

— La réunion m'a beaucoup plu. J'ai appris tellement de choses. J'ai vraiment l'intention de revenir la semaine prochaine, dit-elle.

C'était plus facile de lui parler pendant qu'elle regardait droit devant elle.

— Nous t'avons plu, alors? demanda-t-il.

«Si tu savais», se dit Catherine.

— Bien sûr, se contenta-t-elle pourtant de dire.

Robert lui avoua qu'il s'était demandé comment elle réagirait en faisant la connaissance de ses amis.

— Karen et Déborah ne sont pas toujours aimables, expliqua-t-il en haussant les épaules. Karen voudra s'assurer que Derek ne t'accorde pas trop d'attention.

«Et Déborah sera furieuse si tu t'occupes trop de moi», pensa Catherine. Elle se demanda s'ils formaient un couple, comme Karen et Derek. Non, c'était impossible. «Si cela était le cas, se dit-elle, il ne serait pas assis dans cet autobus avec moi.»

Mais Déborah était si belle. Ses vêtements, ses cheveux longs, tous ces bracelets... Catherine jeta un coup d'oeil à son manteau en poil de chameau et soupira. Elle n'avait aucune chance contre une fille comme Déborah.

En fait, elle n'avait de chance contre personne. Elle était si timide.

— Je... ce n'est pas tellement mon genre, bégaya-t-elle, s'apercevant que Robert attendait une réponse. J'aime bien rencontrer des gens intelligents qui discutent de choses importantes, c'est tout.

Robert acquiesça.

— J'ai pensé que tu aimerais nos réunions.

Soudain, Catherine ne put retenir les questions qu'elle s'était posées durant toute la soirée. Où trouvaient-ils toutes leurs informations? Il y avait beaucoup de brochures, de lettres et de livres sur le bureau de Derek. Était-il chercheur? Où les membres du groupe s'étaient-ils rencontrés? Y avait-il d'autres personnes qui, comme elle, venaient aux réunions de temps en temps? Le groupe avait-il un nom?

Non, le groupe ne portait pas de nom, et bien sûr que d'autres personnes assistaient parfois aux réunions. Cependant, le groupe était formé des quatres membres qu'elle avait rencontrés ce soir. Enfin, Robert et Derek avaient fait leurs études secondaires ensemble.

— Derek est à l'université, en première année. Il étudie la philosophie et les sciences politiques, expliqua Robert. Il travaille à temps partiel à la bibliothèque. Voilà pourquoi il apporte tous ces articles.

— Pourquoi demeure-t-il dans cet appartement?

Il y eut un long silence. Catherine commença à penser qu'elle aurait peut-être mieux fait de ne pas poser la question.

Puis, Robert lui raconta que, l'an dernier, Derek avait quitté la maison paternelle au beau milieu de l'année scolaire, alors qu'il était au cégep. Il en avait eu assez de l'attitude de ses parents. Ils se disputaient aussi beaucoup. Afin de pouvoir terminer son année, il avait travaillé comme messager à bicyclette, ce qui expliquait la présence du vélo dans l'escalier.

— Il s'en est tiré, dit Robert sur un ton admiratif. Derek est brillant et il est plus heureux depuis qu'il vit seul. Il a obtenu son diplôme avec des notes suffisamment élevées pour être admis à l'université.

Toutefois, Robert ajouta qu'il croyait que Derek en faisait trop, travaillant et étudiant en même temps. C'était la raison pour laquelle, lui, Robert, avait décidé de travailler durant un an avant de s'inscrire à l'université.

— Mais je ne pensais pas que travailler dans un club vidéo serait si ennuyeux, continua-t-il. Une fois qu'on a vu un film, on les a tous vus. Ils traitent tous de sujets si futiles.

«Il est tellement intelligent», pensa Catherine. De plus, c'était si facile de lui parler. Il s'intéressait à des choses importantes. Elle avait l'impression de pouvoir lui demander n'importe quoi. Ils roulèrent en silence durant une minute ou deux. Mais même le silence était rassurant.

— Parle-moi un peu des filles, lui demanda-t-elle.

Déborah étudiait pour devenir joaillière. Robert affirma ne pas la connaître beaucoup. En fait, elle était plutôt l'amie de Karen qui, elle, allait à l'université avec Derek.

Catherine mourait d'envie d'en savoir plus long au sujet de Déborah. En réalité, elle voulait surtout savoir ce que Robert ressentait pour elle. Cependant, elle commençait à comprendre qu'au fond, Robert était un garçon tranquille.

Quand il parlait, cela voulait dire quelque chose.

Catherine le sentit s'agiter sur la banquette et s'éloigner un peu d'elle. Elle tourna rapidement la tête vers lui. Il se levait.

— Je descends ici, dit-il.

Il demeura silencieux durant quelques secondes.

— Je vais prendre une bière. Tu m'accompagnes?

Catherine se redressa, secouée. Une bière? Quel âge croyait-il donc qu'elle avait?

— Non. Non, merci, répondit-elle. Je dois rentrer.

Elle lui sourit.

— Viens au club lundi. C'est la journée la plus calme de la semaine, ajouta-t-il.

Lundi. Joey. Le regard bleu et grave de Robert était posé sur elle. Il attendait une réponse.

— D'accord, dit Catherine.

Chapitre 8

Une heure et dix minutes avant que ne retentisse la première cloche de Degrassi, Catherine franchit les lourdes portes à deux battants de l'école.

Les corridors étaient déserts. Le bruit de ses bottes sur le carreau résonnait tandis qu'elle se dirigeait d'un pas décidé vers le bureau du journal.

— Salut! dit Claudine sur un ton joyeux lorsque Catherine ouvrit la porte du local.

La table était couverte de pages, douze au total, et des articles étaient empilés à côté de chacune d'elle. C'était le numéro de novembre de l'*Écho*.

Catherine sourit, laissa tomber son manteau sur une chaise et se pencha au-dessus de la table pour s'assurer qu'il n'y avait aucune faute d'orthographe ou erreur typographique à la une. Il s'agissait de la première étape. Il fallait ensuite faire la mise en page du journal, puis trouver un titre pour chacun des articles.

Quelque chose attira soudain l'attention de Catherine. Elle claqua la langue. En première page se trouvait un immense dessin représentant le sweat-shirt de l'école, exactement comme monsieur Racine l'avait ordonné. Il voulait inciter tous les élèves à aller à la soirée de danse pour s'en procurer un. Catherine regarda le dessin de plus près. Ce n'était pas mauvais.

— À qui a-t-il confié la tâche de dessiner cela? demanda-t-elle à Claudine.

— À Diane. C'est réussi, n'est-ce pas?

Catherine fit un signe de tête affirmatif, regardant toujours la une. Monsieur Racine avait tenu compte de ce qu'elle lui avait dit, après tout. Il n'y aurait pas que le dessin en première page. Son article à propos de la soirée et de Mario Cartier figurait à côté du chandail. Elle n'était pas très flattée que cet article portant son nom se retrouve à la une, mais, au moins, le professeur avait accepté qu'apparaissent quelques lignes de texte en première page.

Catherine saisit un crayon et en mâchonna l'extrémité, s'efforçant de trouver un titre. *Le sweat-shirt de l'heure*. Oui, cela ferait l'affaire. De plus, le nombre de caractères respectait l'espace disponible. Catherine écrivit le titre afin de déterminer la dimension des lettres dont on aurait besoin.

— C'est parfait, dit Claudine en regardant par-dessus l'épaule de Catherine. Tu fais ça en un tournemain.

— C'est l'habitude, dit Catherine sur un ton rieur tout en écrivant la légende qui accompagnerait le dessin de Diane.

Excitée, elle regarda la page deux. Elle aimait bien cette étape, lorsqu'elle pouvait voir tous ces articles s'imbriquer et devenir un journal, quelque chose de concret que les gens pourraient tenir dans leurs mains, lire et commenter.

— Déplaçons l'article sur le match de basketball dans le haut de la page et faisons du classement de la ligue un article à part. Ainsi, nous pourrons mettre une plus grande photographie de l'équipe, mais au bas de la page, dit-elle à Claudine en s'emparant des ciseaux.

Claudine saisit le pot de colle et une nouvelle feuille de papier et disposa rapidement les articles de l'autre façon.

— Tu as raison. C'est mieux ainsi, déclara-t-elle en remettant la page à Catherine. Le titre, madame?

— *Degrassi sur le chemin de la victoire*, répondit Catherine sans tarder.

Claudine se leva en hochant la tête.

— Catherine, tu es inspirée. Nous aurons terminé avant le début des cours. Maintiens cette allure et nous n'aurons qu'à tout agrafer après l'école.

Catherine sourit à son amie. Elle était étonnée de constater à quel point tout lui venait naturellement ce matin. Elle devait être encore sous l'influence de l'énergie de Robert et de ses amis.

Elle était rentrée chez elle avant vingt-deux heures; sa mère ne s'était donc pas inquiétée et n'avait pas posé de questions. Son père, quant à lui, avait plaisanté en la traitant de «droguée des études».

Elles travaillèrent avec rapidité et efficacité durant encore vingt-cinq minutes, jusqu'à ce qu'elles entendent les autres élèves envahir les corridors.

— Le temps est écoulé, annonça Claudine. Monsieur Racine n'en croira pas ses yeux. Nous avons fait toute la mise en page. Tu peux lui remettre les feuilles maintenant et il les fera imprimer ce matin. Nous pourrons commencer à agrafer durant l'heure du lunch et terminer tout de suite après les cours. Incroyable!

— Tant mieux, Claudine, dit Catherine en riant. Nous devons distribuer le journal demain; sinon, ce sera raté. La soirée a lieu vendredi.

Vendredi. Catherine continua à sourire tandis qu'elle apportait les pages en classe et qu'elle les déposait sur le bureau du professeur. La danse! Irait-elle? Est-ce que quelqu'un danserait avec elle? Joey, par exemple? Il avait paru de bonne humeur le jour précédent, mais Catherine était tout de même perplexe.

Elle s'assit à son bureau et ouvrit ses livres.
Peut-être n'irait-elle pas, tout simplement. Elle
se rendrait plutôt à la bibliothèque et essaierait
de trouver des magazines et des articles de journaux traitant de ces femmes en Angleterre. Oui,
c'est ce qu'elle ferait.

— Catherine, murmura Mélanie à côté d'elle.
Peux-tu venir chez moi aujourd'hui, après les
cours?

— Je ne peux pas, répondit Catherine à voix
basse. Je dois travailler au journal.

Le visage de Mélanie s'assombrit.

— Vendredi soir, alors?

Catherine acquiesça.

— J'ai besoin que tu m'aides à trouver quoi
mettre pour la danse. Ma mère dit que tu peux
souper à la maison; on fera livrer une pizza avant
d'aller à la soirée. D'accord?

Catherine se tourna vers Mélanie. Elles
étaient de bonnes copines. C'était bon d'avoir de
nouveau une véritable amie à Degrassi.

— D'accord, répondit-elle.

Des tas de vêtements étaient empilés sur le lit
de Mélanie.

— C'est inutile. Je ne te ressemblerai jamais,
gémit Mélanie.

Catherine éclata de rire.

— Considère-toi chanceuse. Tu es beaucoup
mieux que moi.

— Allez, ne fais pas semblant d'être laide, maintenant, maugréa Mélanie.

— Moi, faire semblant?

Catherine était assise au bureau de Mélanie et feuilletait la copie de l'*Écho Degrassi* de son amie. Le journal était épuisé depuis hier. Les élèves étaient excités en raison des nouveaux sweat-shirts de l'école et de la venue de Mario Cartier. Catherine posa le journal et poussa un soupir. La soirée allait commencer dans une heure. Elle redoutait cet instant.

Elle jeta un coup d'oeil dans le grand miroir de Mélanie et fronça les sourcils. Elle aurait peut-être dû mettre plusieurs bracelets, comme Déborah. Ou encore faire quelque chose d'un peu fou : vernir ses ongles en vert, par exemple, comme le faisait Karen.

Pourtant, elle s'était contentée de mettre une large ceinture argentée par-dessus la robe de tricot noire qu'elle portait souvent. Elle avait aussi relevé ses cheveux sur sa nuque. Cela la faisait-elle paraître un peu plus âgée?

— J'ai toujours l'air de n'avoir que quatorze ans, marmonna-t-elle.

— Eh bien! tu *as* quatorze ans, répliqua Mélanie. Tu veux qu'on te prenne pour la mère de Joey? Aide-moi à décider quoi porter.

Mélanie désigna deux cintres. Sur l'un était suspendu un large t-shirt orange fluo que Catherine n'avait jamais vu auparavant; sur l'autre se trouvait une chemise d'homme rayée en coton, très ample, le genre de vêtement que Mélanie portait fréquemment pour aller à l'école.

— Où l'as-tu acheté? demanda Catherine en désignant le t-shirt orange, une main sur ses yeux.

— C'est à ma mère, répondit Mélanie. Crois-tu qu'il est trop criard?

— Non, mets-le. Il est super, déclara Catherine.

Elle le pensait vraiment. De plus, si Mélanie le portait, personne ne la remarquerait, elle, la pauvre Catherine, dans son éternelle robe noire.

La mère de Mélanie les déposa à l'école à dix-neuf heures trente exactement.

— Ma mère est toujours à l'heure, expliqua Mélanie à Catherine tandis qu'elles se rendaient directement aux toilettes. J'essaie de lui faire comprendre qu'on ne doit pas arriver trop tôt lors d'une soirée, mais elle ne veut rien entendre. As-tu remarqué si les garçons sont là?

Catherine ne les avait pas vus, mais il fallait dire qu'elle n'avait pas regardé beaucoup autour d'elle. Elle avait les mains moites et était convaincue que tout le monde pouvait entendre son coeur qui battait la chamade. Ce n'était que la deuxième fois qu'elle allait à une soirée.

— Viens, sortons d'ici et allons trouver les garçons, lui dit Mélanie en l'entraînant hors des toilettes. Anguille a dit qu'ils arriveraient tôt.

La musique leur parvenait déjà du gymnase. L'acoustique semblait bonne. Mario Cartier devait avoir apporté sa propre chaîne stéréo. Malgré elle, Catherine se demanda de quoi le célèbre animateur de radio pouvait bien avoir l'air. Elle suivit Mélanie dans le gymnase, fixant un côté de la scène où un homme d'âge moyen portant un pull-over ras du cou faisait tourner des disques.

— On dirait mon père, mais en plus gras, dit Catherine.

Elle tira le t-shirt de Mélanie pour attirer son attention.

— Regarde Mario Cartier, siffla-t-elle.

Mélanie ne l'entendit pas. Elle scrutait la foule à la recherche d'Anguille. Elle ne le vit pas entrer et se planter derrière elle.

— Salut, dit-il en leur souriant.

— Salut, répondirent-elles en chœur.

Puis, Mélanie s'adressa à Anguille.

— Où est Joey?

Anguille eut l'air mal à l'aise.

— Il arrive, dit-il, se dandinant d'une jambe sur l'autre. Tu viens danser?

— Hé, vieux! s'écria Joey.

Mélanie prit la main d'Anguille et sourit à Catherine.

— Hé! répéta Joey en s'approchant d'eux.

D'une main, il souleva légèrement son chapeau. Son autre bras entourait Lise.

— Prêts à faire la fête? hurla-t-il. Allez, qu'est-ce qu'on attend?

Mélanie adressa un regard de sympathie à Catherine avant de s'éloigner avec Anguille sur la piste de danse.

Lise regarda Catherine des pieds à la tête.

— Jolie ceinture, dit-elle.

Lise, cette fille à la coiffure punk et au sourire moqueur, avait toujours intimidé Catherine. Celle-ci réussit tout de même à balbutier «merci».

Joey fit mine de n'avoir pas encore remarqué Catherine.

— Oh! Catherine! s'exclama-t-il. Salut.

Son bras entourait toujours Lise.

— Salut, répondit Catherine en le regardant droit dans les yeux.

Le regard de Joey étincelait; il était triomphant. Joey se vengeait de l'humiliation qu'il avait subie au club vidéo, l'autre jour.

Catherine sentit ses ongles se planter dans la paume de ses mains. Elle s'efforça de desserrer les poings. Elle ferait l'indifférente. Elle *était* indifférente.

— Amusez-vous bien, dit-elle.

Elle tourna les talons, se fraya un chemin parmi la foule et sortit du gymnase, puis de l'école.

Elle était maintenant reconnaissante à la mère de Mélanie de les avoir déposées si tôt à l'école. Ainsi, elle avait encore le temps d'aller à la bibliothèque.

Chapitre 9

— J'ai eu une idée géniale à la bibliothèque durant le week-end.

Catherine débordait d'enthousiasme en exposant à Claudine le projet qu'elle mijotait pour le numéro de l'*Écho Degrassi* de décembre : une campagne de recyclage. Son plan consistait d'abord à faire imprimer le journal sur du papier recyclé, puis à installer des bacs un peu partout dans l'école afin qu'élèves et professeurs y jettent le papier dont ils n'avaient plus besoin et, enfin, à contacter une compagnie de récupération qui viendrait cueillir le papier.

— J'ai déjà même trouvé un titre. Tu veux l'entendre? demanda-t-elle à Claudine.

— J'en serais ravi, répondit une voix de baryton.

Monsieur Racine entra dans le local du journal, jetant un coup d'oeil à sa montre.

— Huit heures quinze un lundi matin. N'est-il pas un peu tôt pour comploter?

Catherine sourit au professeur. Il savait qu'une rencontre avait lieu ce matin pour préparer le prochain numéro. La semaine précédente, il avait déclaré à Catherine que le numéro de novembre était le meilleur de tous et, avec un clin d'oeil, il avait ajouté que le journal pourrait publier un numéro spécial le mois suivant.

— Alors, quel est donc le titre de cet article formidable qui sera écrit par nul autre que Catherine Ryan, rédactrice émérite? demanda monsieur Racine, s'assoyant sur l'une des chaises droites autour de la table et déposant délicatement un gros colis sur le sol, tout près de lui.

— Recyclons Noël, annonça Catherine.

Il y eut un silence. Catherine regarda le visage étonné de Claudine et la mine sévère de monsieur Racine.

— Bon, très bien. Que pensez-vous de «Le joyeux temps du recyclage»?

Le visage de monsieur Racine se détendit.

— Mieux, beaucoup mieux.

Catherine résuma de nouveau son projet. Il avait pris forme dans sa tête durant tout le week-end. Après la danse — elle chassa cette pensée de son esprit —, elle avait trouvé des articles de journaux fascinants à la bibliothèque concernant les femmes de Greenham. Il devait bien y avoir quelque chose à faire à l'école. Quoique modeste, le recyclage était un début.

Monsieur Racine l'écoutait parler avec attention.

— Cela pourrait fonctionner, dit-il lentement. Mais cela exigerait un travail énorme pour mettre cette campagne en branle. Je crains que tu ne sois pas prête pour le numéro de décembre. Il vaudrait peut-être mieux attendre en janvier.

Catherine sentit ses épaules se détendre. Elle pourrait attendre encore un mois. Au moins, monsieur Racine n'avait pas refusé.

— Il y a une autre raison pour laquelle vous n'aurez pas le temps d'organiser une campagne de recyclage ce mois-ci, continua le professeur. Je veux vous parler à ce sujet. Regardez.

Il se pencha et souleva le colis, qu'il posa ensuite sur la table. En l'ouvrant, il prit six sweat-shirts portant le nom de l'école et les étendit sur la table.

— Ohhh! Ils sont arrivés, s'exclama Claudine.

— Nous n'en avons reçu que quelques-uns. Et ils sont à vous, ajouta monsieur Racine en remettant un chandail à chacune d'elles. Les élèves qui l'ont commandé lors de la danse devront patienter encore un peu avant de le porter.

— Merci, dit Catherine. Combien vous dois-je?

Monsieur Racine sourit.

— Rien. Vous aurez à les gagner. Écoutez-moi.

Il leur apprit que le lundi suivant serait consacré au journal de l'école. Il y aurait une réunion spéciale au cours de laquelle serait prononcé un discours portant sur Degrassi et sur l'*Écho*; cette allocution expliquerait également comment l'un ne pouvait exister sans l'autre, comme le disait si bien monsieur Racine.

— Je veux que tous les élèves qui travaillent au journal portent leur sweat-shirt lundi, dit-il en agitant l'index. Je veux aussi que ce soit la première fois que quiconque dans l'école les voit. Compris?

Catherine et Claudine acquiescèrent.

La cloche annonçant le début des cours retentit. Monsieur Racine bondit sur sa chaise, enfouit les sweat-shirts dans la boîte et déposa celle-ci dans un coin de la pièce.

Il s'arrêta brièvement dans l'embrasure de la porte.

— Au fait, Catherine, dit-il, ce discours sur Degrassi et sur l'*Écho*, je veux que ce soit toi qui le prononces.

Il ferma la porte, laissant Claudine et Catherine bouche bée.

— Ce que je pense des journaux?

Robert leva les yeux du journal qu'il lisait et adressa un de ses rares sourires à Catherine.

— Quand je lis des articles comme celui-là, pas grand-chose.

Catherine se pencha pour voir l'article en

question. La centrale nucléaire s'apprêtait à inaugurer un quatrième réacteur, disait le titre.

— Plus nous produisons d'énergie nucléaire, plus nous en dépendons. Et plus il y a de risques que se produise un accident comme celui de Three Mile Island, aux États-Unis, dit Robert, dont le sourire s'était effacé.

— Ce n'est pas une bonne nouvelle.

Elle se tourna pour lui jeter un bref coup d'oeil et sursauta légèrement. Il s'était penché pour lire l'article avec elle et son visage n'était qu'à quelques centimètres du sien. Il était si près qu'elle aurait touché sa joue au moindre mouvement. Mais elle était incapable de bouger; c'était comme si elle était sous le charme.

Mais Robert le rompit lorsqu'il se leva et regarda par la vitrine.

— Ça va mal, dit-il d'une voix triste. Nous sommes en train de perdre.

— Perdre quoi? demanda Catherine.

— Le combat, la guerre, dit-il d'un air piteux. Nous ne sommes pas assez nombreux à nous préoccuper des dangers de l'énergie nucléaire.

Catherine tenta de le réconforter.

— D'autres personnes liront peut-être l'article et s'inquiéteront tout comme toi. C'est le rôle d'un journal : éveiller l'attention des gens. Peut-être réussira-t-on à les arrêter. Ça ne veut pas dire que c'est du tout cuit.

Robert l'observa durant un moment.

— Le journalisme t'intéresse? demanda-t-il.

Catherine se sentit rougir. Avec empressement, elle lui parla de l'*Écho Degrassi*, de l'assemblée spéciale ainsi que de son discours.

Robert l'écoutait attentivement.

— Alors tu es rédactrice du journal étudiant? dit-il. Est-ce que c'est aussi ce que tu veux faire plus tard?

Catherine acquiesça.

— Je le crois, oui.

— Parce que tu veux assurer la couverture d'événements importants et non celle des concerts rock, n'est-ce pas?

Robert tâtait le terrain.

— Pas de concerts rock, c'est certain.

— Tu écris bien? demanda-t-il.

Catherine hésita.

— Pas mal, avoua-t-elle.

Robert replia le journal. Il était calme et paraissait réfléchir à quelque chose.

— Tu viendras chez Derek demain, n'est-ce pas? demanda-t-il. Tu as dit que tu serais là.

Ses yeux bleus semblaient la transpercer.

— Bien sûr, répondit Catherine d'une voix faible.

Il resta là, debout, grand, droit et sérieux. Ses yeux se rivèrent à ceux de Catherine.

— C'est que, commença-t-il, nous avons vraiment besoin de quelqu'un qui peut écrire.

Chapitre 10

La porte de l'appartement de Derek était entrouverte. «Ils doivent m'attendre», pensa Catherine en grimpant l'escalier obscur avec empressement.

— Tu es venue.

Robert déplia ses longues jambes et traversa la pièce pour l'accueillir.

Derek et Karen tournaient le dos à la porte, penchés au-dessus de la table encombrée; ils lisaient un journal. Karen se retourna et adressa un signe de la main amical à Catherine.

— Robert dit que tu écris, commença-t-elle. Dieu sait qu'on a besoin de toi.

Catherine jeta un regard furtif vers le canapé vert. Il était vide. Où était Déborah cette semaine?

Derek semblait distrait; il se mit à arpenter la pièce.

— Qu'est-ce qui se passe? chuchota Catherine à Robert.

— Ils veulent mettre en marche un autre des réacteurs nucléaires de la centrale, répondit Karen en désignant le journal.

Robert feuilleta une pile de coupures de journaux sur la table de Derek et en saisit une.

— Regarde cet article, déclara-t-il en agitant un morceau de papier dans sa main.

Catherine ne put lire que le titre. *L'échec des militants antinucléaire du Canada.*

— Ce journaliste nous traite de poules mouillées.

— Et il a raison, ajouta Karen d'un air piteux.

— Pourquoi avez-vous besoin de quelqu'un qui écrit? demanda Catherine.

Derek cessa de faire les cent pas et se planta devant elle. Se penchant pour mieux la regarder dans les yeux, il lui saisit les avant-bras, l'air implorant.

— Nous devons rédiger un communiqué de presse. Ce soir, annonça-t-il. Peux-tu le faire pour nous?

Un communiqué de presse, une déclaration que diffuseraient tous les médias, journaux, stations de radio et de télévision? Catherine n'en avait jamais écrit auparavant. Les yeux de Derek exigeaient une réponse. Humblement, elle accepta de le faire.

Karen tapota l'article de journal avec ses longs ongles. Cette semaine, ils étaient vernis de rouge. Sur le papier, on aurait dit de brillantes gouttes de sang.

— Selon ce journaliste, le réacteur nucléaire que la centrale veut inaugurer en est justement un qui est presque identique à ceux que les Soviétiques utilisent; c'est ce type de réacteur qui a causé la catastrophe nucléaire de Chernobyl en 1986 et qui a laissé échapper des radiations dans certaines régions de l'URSS et de la Finlande.

Derek l'interrompit.

— Les gens de la ville — de même que certains membres de l'Agence internationale de l'énergie atomique — n'ont jamais été tout à fait satisfaits du système informatique de la centrale qui commande la fermeture des réacteurs en cas d'urgence. L'Agence a bloqué tous les travaux durant un an parce que ses membres croyaient que le système d'urgence n'était pas au point.

— L'est-il aujourd'hui? demanda Catherine.

— C'est peut-être aux Soviétiques qu'il faudrait poser la question. Une centrale nucléaire à proximité de trois millions de personnes peut-elle jamais être assez sécuritaire?

Robert semblait impatient.

— Et ces trois millions de personnes s'inquiètent-elles de ce qui se passe? Y en a-t-il une seule qui fasse quoi que ce soit pour régler le problème?

«Si seulement il savait, pensa Catherine, ce

que j'ai dû faire pour venir ici.» Elle avait menti à sa mère encore une fois, affirmant qu'elle allait étudier avec Joey. Sa mère l'avait enlacée en lui disant qu'elle était fière que sa fille donne de son temps pour aider un élève qui en avait besoin.

— Les gens s'inquiètent, mais peut-être ont-ils peur de découvrir la vérité. Je crois que c'était mon cas avant de faire votre connaissance, expliqua Catherine.

Les autres la dévisagèrent.

— Je crois qu'elle a raison, dit Derek. Personne ne veut d'autres centrales nucléaires au Canada. Vous vous souvenez du rapport gouvernemental qui en faisait foi l'an dernier?

— Ouais, je m'en souviens, répondit tristement Robert. La belle affaire. Il était un peu tard pour émettre une telle recommandation alors que le Canada comptait déjà dix-neuf réacteurs et douze mille tonnes de déchets radioactifs dont personne ne sait que faire.

— C'est inutile d'attendre que les politiciens agissent, renchérit Karen d'un ton passionné.

— Alors, je crois que c'est à nous de le faire, ajouta Catherine en regardant les autres dans la pièce. C'est à nous de montrer que les gens sont inquiets et que tout ça ne leur est pas égal.

Le silence envahit la pièce. Karen regarda Derek, qui se tourna à son tour vers Robert.

— Mais comment? demanda enfin Derek.

— Pourquoi ne pas rassembler quelques personnes et dresser des tentes comme l'on fait les femmes de Greenham? suggéra Catherine. Je pense à elles sans arrêt depuis que vous m'avez parlé du combat qu'elles mènent.

Timidement, elle observa les autres. Elle imaginait ce qu'ils pouvaient bien penser. Pourquoi ne pouvait-elle pas la fermer et réfléchir avant de parler? Elle baissa les yeux vers le plancher. Elle avait choisi des vêtements noirs, et non cet affreux maillot à rayures qu'elle avait porté la dernière fois, afin de ne pas avoir l'air d'une enfant. Cela n'avait plus aucune importance maintenant. Elle avait ouvert la bouche et, à présent, tous pensaient sûrement qu'elle était une véritable idiote.

Mais Karen regardait Derek, qui fixait ses mains posées sur ses genoux.

Soudain, il se leva et saisit le stylo que tenait Karen.

— Oubliez le communiqué de presse, dit-il. Nous avons assez parlé. Il est temps de faire quelque chose.

Karen rejeta la tête en arrière et rit.

— Alléluia! s'exclama-t-elle en levant les bras au ciel. On fonce!

Derek sourit à Karen.

— Tu as la bougeotte?

— Tu parles. Nous sommes assis ici depuis des semaines. Tout ce que nous faisons, c'est discuter.

— Oui, le temps est venu, acquiesça Derek.

Mais Karen n'avait pas terminé.

— Et c'est notre plus jeune membre qui nous a ouvert les yeux, ajouta-t-elle en désignant Catherine.

Catherine se laissa tomber sur le dossier de sa chaise. Membre. Karen l'avait appelée «membre». Elle était des leurs. Et son idée leur plaisait. Ils allaient le faire. «Non, *nous* allons le faire, se corrigea Catherine. Je fais aussi partie du groupe.»

— Pas si vite.

Robert lança à Catherine un regard qui la glaça, puis se tourna vers Derek.

— Réfléchissons à tout cela d'abord. Nous devons discuter...

Karen grogna.

— Nous n'avons pas besoin de discuter. Nous avons déjà beaucoup trop parlé.

Elle prit la pose d'une meneuse de claque.

— Action. Action. Nous voulons de l'action.

Derek et Catherine se mirent à rire en voyant Karen, avec ses grosses bottines et ses cheveux noirs on ne peut plus artificiels, imiter les meneuses de claque au teint frais des écoles secondaires. Même Robert sourit. Un peu.

Derek rapprocha la chaise en chêne de la table. Il saisit le bloc-notes et le stylo de Catherine.

— Très bien. Ce que nous voulons, c'est établir une sorte de camp. En plein sur le site de la centrale. Et bientôt. Disons, le 1er décembre?

Il regarda Karen et Catherine, qui firent un

signe de tête affirmatif. Robert se dirigea à l'autre bout de la pièce, à l'écart du groupe penché au-dessus de la table.

— Il n'y aura pas d'eau ni aucune commodité là-bas; nous devrons donc tout prévoir nous-mêmes. Combien de tentes pouvons-nous apporter? En as-tu une chez toi? demanda Derek à Karen.

— Nous en avons deux vieilles à la maison, répondit-elle. Mes parents nous emmenaient camper, ma soeur et moi, quand nous étions petites.

Catherine essaya d'imaginer Karen en fillette, sur un terrain de camping. C'était difficile.

— Et toi, Catherine?

Derek la regardait.

Catherine sursauta. Du coin de l'oeil, elle observait Robert. Pourquoi ne parlait-il pas? Pourquoi était-il assis tout seul sur le canapé qui sentait le moisi?

Sa gorge se serra.

— Mon père possède une tente.

— Des tentes!

Robert interrompit soudain la discussion. Ses yeux bleus étincelaient de colère.

— Des tentes! répéta-t-il. Qu'est-ce que cela a à voir avec l'idée d'arrêter les réacteurs nucléaires? C'est de la folie. C'est une idée stupide et, en plus, c'est illégal. Vous serez arrêtés.

Derek posa doucement son stylo. Il déplia lentement sa longue silhouette et se leva.

— Et puis? dit-il sur un ton froid en baissant les yeux vers Robert.

Les deux amis se faisaient face, chacun soutenant le regard de l'autre.

Karen toucha le bras de Catherine.

— Je crois que nous allons partir, déclarat-elle précipitamment en éloignant Catherine de la table. À bientôt.

Catherine saisit son manteau à la hâte en passant devant le canapé.

— À la semaine prochaine, d'accord?

Ce fut tout ce qu'elle eut le temps de dire avant que Karen ne l'entraîne à l'extérieur.

— Ouf! dit Karen lorsqu'elles furent dans la rue.

Elle alluma une cigarette et exhala lentement la fumée.

— C'était le moment de partir. Les garçons ont certaines choses à régler. Pas de problème. Notre plan est maintenant en branle.

Elle exhala la fumée et fronça les sourcils.

— Il faudra toutefois dresser une liste des faits, que nous pourrons remettre aux journalistes.

Elle sourit.

— Et à la population qui viendra nous encourager.

Catherine avait la tête qui lui tournait. La population? Les journalistes?

L'esprit vif de Karen fonctionnait à cent à l'heure.

— Toi et moi sommes sûrement capables de nous en charger. Je rassemblerai les faits tandis que tu rédigeras. Il va falloir le faire bientôt. Quand es-tu libre?

— Demain? laissa échapper Catherine.

— Bien. Nous en finirons tout de suite avec ça, approuva Karen.

Elle écrasa sa cigarette contre le mur de briques de l'édifice par petits coups secs. Malgré ses cheveux, son maquillage vampirique et ses ongles rouge sang, elle avait l'air d'une femme d'affaires, efficace et très organisée. «Pas étonnant que Derek et elle forment un couple», se dit Catherine.

— Je te rejoindrai à la bibliothèque municipale dans la section des périodiques. Vers dix-sept heures. Ça nous prendra sûrement tout près de deux heures, alors prévoyons manger là-bas. C'est ton autobus qui arrive?

Elle regardait par-dessus l'épaule de Catherine l'autobus qui venait de l'ouest.

C'était bien le sien.

— Demain à dix-sept heures.

Karen lui fit un signe de la main et pénétra dans l'entrée. Elle retournait à l'appartement de Derek.

Perdue dans ses pensées, Catherine monta dans l'autobus.

Une autre réunion. Qu'allait-elle raconter à sa mère, cette fois?

Chapitre 11

En fin de compte, elle ne lui dit qu'un demi-mensonge.

Catherine poussa un soupir. Qui essayait-elle donc de leurrer? C'était un mensonge sans équivoque; chaque mot était faux.

Et elle l'avait raconté à deux reprises. À sa mère, puis à Claudine, il y avait cinq minutes.

Elle avait d'abord été contente de croiser la sympathique élève de secondaire I dans le couloir, en sortant du laboratoire de sciences.

— Claudine! Salut, s'était-elle écriée en apercevant des boucles rousses dans le corridor bondé.

— Et ce discours, ça prend forme? lui avait demandé Claudine.

— Je m'en vais justement à la bibliothèque pour continuer ce que j'ai commencé, avait répondu Catherine automatiquement.

Il s'agissait du même mensonge qu'elle avait raconté à sa mère le matin.

— Quelle bibliothèque? Ici? avait demandé Claudine.

— Non, à la bibliothèque municipale. Dans la section des périodiques. Je veux voir ce que d'autres journaux et magazines ont écrit concernant le rôle de la presse.

Claudine avait semblé impressionnée.

— Ce sera sans aucun doute un discours du tonnerre, avait-elle ajouté en lui adressant un amical signe de la main.

«Je vais m'organiser pour que ce ne soit pas un mensonge», s'était dit Catherine en se hâtant pour aller prendre l'autobus qui allait au centre-ville. «J'arriverai assez tôt pour avoir le temps de faire mes recherches pour mon allocution.»

Mais l'autobus arriva en retard et, après deux arrêts, le chauffeur abandonna tous les passagers dans le véhicule pendant qu'il allait s'acheter du café. Puis, il y eut un embouteillage et l'autobus resta immobilisé pendant un moment qui sembla durer des heures. Catherine regarda sa montre. Déjà seize heures trente.

Lorsqu'elle prit enfin le métro, il ne lui restait plus que quinze minutes avant son rendez-vous avec Karen. Elle s'effondra sur un siège. Elle n'aurait pas le temps de travailler son discours.

Karen était installée à une table près des casiers de magazines. Il y avait une pile de journaux à sa gauche et elle lisait attentivement l'un des nombreux magazines posés devant elle.

Sans lever les yeux, elle étendit la main sur la table et tâtonna jusqu'au moment où elle trouva le marqueur qu'elle y avait déposé.

Catherine sourit. Aujourd'hui, Karen avait verni ses ongles d'orange fluo. Sur l'ongle de son index, elle avait collé un faux diamant sur lequel se reflétait la lumière du plafond en de doux rayons pastel.

Dans la section silencieuse réservée à la lecture, Karen, avec ses étranges cheveux noirs et son visage blême poudré, était aussi visible que des lumières qui clignotent. Impossible de ne pas la voir.

— Salut.

Catherine se glissa sur la chaise à côté d'elle, poussant un lourd vêtement de laine noir qui se trouvait sur la table afin de pouvoir poser son sac à dos et sortir ses feuilles.

— Hé! c'est ma cape, râla Karen en remettant le vêtement où il était.

À l'autre bout de la table, un homme à l'air savant avec ses lunettes à monture d'acier leva les yeux de son journal étranger et fronça les sourcils en direction des filles.

Karen fit la grimace.

— Qu'est-ce que tu dirais d'aller tout de suite au restaurant? Nous pourrons travailler là-bas.

Sans attendre la réponse de Catherine, elle balaya la table de sa cape noire et s'éloigna.

Catherine bondit pour suivre Karen, rassemblant à la hâte les affaires qu'elle venait tout juste de déposer sur la table. Soudain, elle demeura bouche bée. La moitié de la pile de journaux et presque tous les magazines que Karen lisait avaient disparu.

— Ouf!

Karen s'appuya lourdement contre le mur vitré de l'ascenseur qui les amenait à l'étage du restaurant.

— L'atmosphère était irrespirable là-bas. Tiens, prends ça.

Elle tendit à Catherine certains journaux et magazines qu'elle avait pris à la dérobée sur la table et camouflés sous sa cape.

— Ne devons-nous pas les laisser dans la section de lecture? demanda Catherine, le souffle coupé.

Karen roula les yeux.

— Nous les rapporterons, ça te va? dit-elle au moment où les portes de l'ascenseur s'ouvraient.

Elle marcha rapidement vers le restaurant. Catherine se hâtait derrière elle, tenant de son mieux son manteau, ses sacs et maintenant les journaux.

Karen laissa tomber sa cape et les magazines sur une table dans la section des fumeurs.

— J'ai très envie d'une cigarette, dit-elle. Tout de suite.

Timidement, Catherine s'assit sur la chaise en face de Karen. Son manteau et ses sacs glissèrent sur le sol tout près d'elle, mais elle ne s'en aperçut pas. Elle fronça les sourcils en regardant les journaux qu'elle tenait. Karen les avait volés.

Celle-ci poussa une feuille blanche vers Catherine.

— Maintenant, j'ai une bonne idée à propos de ce que nous devons dire, commença-t-elle. Mais j'ai besoin de quelqu'un qui sait écrire pour que cela sonne bien.

Catherine ignora la feuille de papier.

— Qu'est-ce qui s'est passé hier soir après mon départ? demanda-t-elle tandis que Karen allumait une cigarette.

— Pas grand-chose. J'ai pris quelques-uns des articles dont nous aurons besoin et je suis partie, répondit-elle d'un ton désinvolte.

— Je voulais plutôt savoir ce qui s'était passé entre Derek et... Robert, insista Catherine, les yeux fixés sur la table.

Karen demeura silencieuse durant quelques secondes et considéra Catherine avec amusement.

— Ah! Tu veux parler de ça, dit-elle en agitant son bras mince. Ce n'était rien de plus qu'une des sautes d'humeur de Robert. Ils sont de nouveau amis.

Karen sourit.

— En fait, Derek a demandé à Robert d'emprunter la voiture de son frère afin qu'ils aillent jeter un coup d'oeil du côté de la centrale. Il faut déterminer quel est le meilleur endroit pour installer les tentes.

Catherine écarquilla les yeux.

— Et il a accepté?

Karen sourit d'un air satisfait.

— Bien sûr. Derek peut convaincre n'importe qui de faire n'importe quoi.

Le coeur de Catherine se mit à battre plus fort. Robert était des leurs. Ils faisaient équipe.

— Catherine! Je croyais que tu travaillais ton discours.

C'était Claudine. Elle se dirigeait vers leur table, un large sourire éclairant son visage amical.

Spontanément, Catherine couvrit les journaux avec son bras. Qu'est-ce que Claudine faisait ici? Elle ne pouvait s'asseoir avec elles.

— Salut, marmonna Catherine, les dents serrées.

Avec ses cheveux roux bouclés et sa tuque à pompon, Claudine avait l'air d'une enfant. «Une enfant de mon âge», se rappela Catherine.

— J'ai pensé que je pourrais peut-être t'aider pour ton allocution, dit Claudine avec enthousiasme. Je veux également en savoir plus long à propos du rôle de la presse.

Elle sourit à Karen d'un air interrogateur. Celle-ci l'observait d'un air calme, un sourcil légèrement haussé. Catherine se souvenait de cette expression. C'était également de cette façon que Karen l'avait regardée la première fois qu'elle était allée chez Derek. Il s'agissait d'un regard auquel rien n'échappait, ni les chaussures de sport que portait Claudine ni le manuel de géographie de secondaire I qu'elle avait sous le bras.

En son for intérieur, Catherine était très mal à l'aise, mais elle s'efforça de demeurer calme. Elle n'invita pas Claudine à s'asseoir avec elle; elle ne la présenta pas non plus à Karen et ne la regarda pas.

— J'ai déjà terminé, dit Catherine d'un ton brusque.

Le sourire de Claudine s'effaça.

— Oh! dit-elle d'une voix faible.

Il y eut quelques secondes de silence.

— Très bien, dit Claudine. À bientôt, alors.

Elle s'éloigna, les épaules voûtées. Se mordant la lèvre, Catherine la regarda s'en aller.

— C'est l'une de tes amies?

Karen la ramena à la réalité.

— Non, non, répondit Catherine en secouant la tête. C'est juste une fillette qui habite dans ma rue. Je ne la connais pas très bien. Elle est beaucoup plus jeune que moi.

Karen lui adressa un regard perspicace.

Catherine s'agita sur sa chaise. Elle savait ce que l'expression de Karen signifiait. Claudine avait fait éclater la vérité. Les autres sauraient maintenant qu'elle était encore au secondaire. Ils ne la laisseraient jamais participer à la manifestation avec eux.

Elle s'efforça de retenir ses larmes. Elle avait tellement envie d'être avec eux. Elle y était presque parvenue. Tout cela était la faute de Claudine.

Karen écrasa sa cigarette.

— Alors, qu'as-tu l'intention de faire à propos de la manifestation? demanda-t-elle gentiment.

— Qu'est-ce que tu veux dire? demanda Catherine sur un ton misérable.

— Eh bien, poursuivit Karen, nous avons prévu de camper là-bas aussi longtemps que nous le pourrons. Que vas-tu faire? Il n'y a aucune chance que tes parents te laissent faire une chose pareille, n'est-ce pas?

Catherine secoua la tête d'un air triste. Karen venait de mettre le doigt dessus.

Karen demeura silencieuse durant un bref moment.

— Tes parents sont-ils au courant de tout ça?

De nouveau, Catherine fit un signe de tête négatif, la tête baissée, son menton touchant presque sa poitrine.

— Eh bien! dit Karen d'un ton décidé, nous devrons changer nos projets.

Elle tambourina sur la table avec ses longs ongles brillants.

— Pourquoi ne pas simplement tout raconter à tes parents? suggéra-t-elle enfin.

Catherine se redressa.

— Pas question, rétorqua-t-elle.

Karen lui adressa un regard exaspéré.

— Écoute, Catherine, tu ne fais rien de mal. Essaie de t'en souvenir. En fait, il s'agit plutôt d'une sacrée bonne action. C'est important de faire connaître notre opinion.

Karen alluma une autre cigarette.

— C'est même crucial. Les gens doivent savoir toute la vérité au sujet de l'énergie nucléaire et pas seulement ce que le gouvernement raconte à propos d'une source d'électricité plus économique et plus productive. Ils doivent en connaître les dangers. Si nous ne leur disons pas, qui le fera?

— Tu as raison, s'exclama Catherine.

Les paroles de Karen lui avaient donné un regain de vie, chassant tous les doutes qui avaient surgi dans son esprit. Ses yeux rayonnaient tandis qu'elle regardait Karen. Ses parents seraient d'accord; il le fallait.

En face d'elle, Karen ouvrait des magazines à des pages précises et faisait le tri des journaux.

— Nous avons du travail à faire maintenant, déclara-t-elle. Si nous n'avons pas de feuillet de renseignements à remettre aux journalistes et à la population, à quoi bon aller nous geler dans des tentes sans chauffage?

Catherine saisit un stylo et étudia certains passages que Karen avait soulignés. Ce ne serait pas un travail de tout repos.

— Si cela peut faciliter les choses avec tes parents, pourquoi ne pas leur demander si tu peux venir à la manifestation durant le jour seulement? demanda Karen. Ou bien, après la première journée, s'ils ne veulent pas que tu t'absentes de l'école, tu pourrais venir le soir, après les cours. Tu n'aurais qu'à te faire emmener en voiture par les journalistes ou d'autres personnes. Quand les gens entendront parler de ce que nous faisons, ils se joindront à nous. J'en suis certaine.

Catherine s'anima. Peut-être que ses parents accepteraient l'une des suggestions de Karen.

Mais celle-ci n'avait pas terminé.

— De toute façon, Catherine, tu devras leur dire.

Elle étendit le bras et lui remit d'autres articles de journaux. Ses yeux noirs se rivèrent sur les yeux noisette de Catherine.

— Et dis-leur que c'est toi qui as eu l'idée de cette manifestation. Ils devraient être fiers de toi.

Catherine sourit faiblement à sa nouvelle amie. Si seulement elle pouvait en être aussi certaine que Karen.

Tout raconter à ses parents serait la chose la plus difficile qu'elle ait jamais faite.

Chapitre 12

Catherine se pelotonna dans le canapé et posa les feuilles sur ses genoux.

La boîte de pizza était sur le sol, à côté d'elle. Un morceau graisseux se trouvait toujours à l'intérieur. Son père finissait généralement tous les restes, mais cette fois, il l'avait écarté d'un geste.

— Ma diète, avait-il dit en s'emparant du journal.

Catherine le regarda, assis dans son fauteuil berçant. Il était déjà plongé dans sa lecture. Quant à sa mère, elle corrigeait des travaux à la table de la cuisine.

C'était vendredi, la soirée qu'ils passaient toujours ensemble. C'était maintenant qu'il fallait leur dire.

— Papa, dit-elle d'une voix aiguë.

Son père leva les yeux juste au moment où le téléphone sonnait sur la table à côté de lui. Il décrocha.

— Allô? C'est pour toi, annonça-t-il.

— Allô? dit Catherine à son tour.

— C'est Robert.

Sa voix était basse, presque un murmure, quoique pressante.

— Lundi. Nous devons y aller lundi.

Catherine savait que son père l'observait.

— Oh, salut! dit-elle sur un ton aimable. Merci de m'avoir appelé pour me donner ce renseignement. Je travaillais justement sur ce texte. Mais je ne suis pas certaine de bien comprendre ce que tu veux dire.

Se sachant surveillée, elle griffonna quelques mots sur ses feuilles de notes. Son père retourna à son journal.

— La centrale. Ils ont devancé la date d'inauguration du réacteur.

Comme bruit de fond, Catherine pouvait entendre la bande sonore d'un film. Robert l'appelait du club vidéo.

— Ils vont le mettre en marche lundi. Nous devons être là.

— Lundi?

Le coeur de Catherine se serra. Pas lundi. Pas la journée de l'assemblée.

— Si nous ne le faisons pas lundi, nous ne le ferons jamais.

Elle sentit la peur envahir son corps. Elle serra le récepteur si fort que ses jointures devinrent blanches. «Lundi. Je vous en prie, pas lundi», pensa-t-elle. Si elle ne se présentait pas à l'assemblée, elle perdrait son poste au journal. Par contre, si elle n'allait pas à la manifestation, elle perdrait Robert ainsi que l'occasion de vraiment changer les choses pour des millions de personnes.

— Nous nous réunirons demain matin. Chez Derek à neuf heures, annonça Robert.

Catherine ne dit rien.

— C'est crucial que nous mettions tout au point.

De nouveau, Catherine demeura silencieuse.

— Tu viendras, n'est-ce pas?

Robert semblait maintenant moins confiant.

Catherine essaya de répondre, mais une énorme boule dans la gorge l'empêchait de parler.

— Catherine? dit enfin Robert. Nous avons besoin de toi.

Quelque chose fondit en elle.

— D'accord, répondit-elle.

Puis, elle raccrocha.

— Qui était-ce? demanda son père. Ce n'était pas une voix qui m'était familière.

— Un garçon, dit Catherine en soupirant. De la bibliothèque. Il a trouvé la documentation dont j'avais besoin.

Elle se laissa retomber sur le canapé.

— Je dois aller la chercher à la bibliothèque demain matin. Tôt, marmonna-t-elle.

Catherine se leva lentement. Son corps lui semblait vieux et lourd. Elle rassembla les notes pour son discours, ne se souciant pas de vérifier si elles étaient en ordre. Elle n'en aurait pas besoin. Le journalisme, c'était terminé pour l'instant. Elle ne prononcerait aucun discours en tant que rédactrice du journal étudiant de Degrassi.

Elle monta péniblement les marches jusqu'à sa chambre. Ce n'était pas le moment de tout raconter à ses parents.

Dehors, un étage plus bas que la crasseuse fenêtre en saillie du 942 de la rue Queen Ouest, Catherine se tenait sur le trottoir. La journée s'annonçait claire et ensoleillée, mais il n'y avait personne d'autre dans la rue. Elle était seule.

Catherine leva de nouveau les yeux vers la fenêtre. Ils étaient là et l'attendaient. Elle redressa les épaules, frôla la bicyclette en passant et grimpa lentement l'escalier. Ses pas lui semblaient lourds. Elle avait pris sa décision. Elle choisissait ces gens. Elle aurait dû se sentir bien, mais ce n'était pas le cas.

— Hé! Catherine est là. Nous pouvons maintenant commencer. Il y a du pain sur la planche.

Derek la vit hésiter dans l'embrasure de la porte. Il lui sourit, tout comme Karen et Robert qui s'étaient retournés.

L'atmosphère dans la pièce était des plus tendues. Robert était immobile, prêt à bondir, comme une panthère guettant sa proie. Les bras longs et maigres de Derek s'agitaient en mouvements saccadés. Les yeux noirs de Karen brillaient.

On avait enlevé les piles de journaux sur la table. Ils avaient été déposés dans le coin, près du canapé.

— Nous n'en aurons plus besoin, expliqua Robert en suivant le regard de Catherine. Nous passons maintenant à l'action.

Il jeta un regard en direction de Derek et sourit. Les deux garçons se tapèrent dans les mains, puis se donnèrent des coups de poing amicaux dans le dos. Karen roula les yeux, compréhensive.

— Ah! les garçons! dit-elle du coin de la bouche, faisant signe à Catherine de venir s'asseoir sur la chaise à côté d'elle.

Catherine s'y laissa tomber.

— Sommes-nous les seuls qui participerons à la manifestation? demanda-t-elle sur un ton hésitant.

— Nous n'avons peut-être pas la quantité, mais nous avons la qualité, répondit Derek, le visage rayonnant.

— De plus, d'autres personnes se joindront à nous plus tard. Quand les gens sauront ce que nous faisons. Et pourquoi nous le faisons, ajouta Robert.

Catherine se sentait stupide, mais elle avait

besoin de savoir.

— Je me demandais, insista-t-elle, si l'un d'entre vous avait prévenu Déborah. Ne voulait-elle pas faire partie de la manifestation, elle aussi? Croyait-elle que c'était une idée ridicule?

Karen échangea un regard avec Derek. Robert demeura silencieux.

— Déborah a laissé tomber, lâcha enfin Derek tandis que Robert fronçait les sourcils et s'agitait sur sa chaise.

— Elle avait d'autres priorités, expliqua Karen en adressant un regard malicieux à Robert.

Robert se renfrogna.

— Elle ne s'inquiétait pas vraiment à propos des dangers du nucléaire, dit-il. Sa place n'était pas ici.

Catherine ne put s'empêcher de se réjouir que Déborah ne vienne plus aux rencontres. Elle ne l'aimait pas beaucoup. Et pas seulement parce que Déborah avait le béguin pour Robert. C'était un soulagement de ne plus avoir à s'en faire au sujet des regards ennuyés et hautains que lui adressait Déborah et qui lui donnaient toujours la désagréable impression d'être si jeune et stupide.

— C'est parfait, tout simplement parfait, déclara Derek en regardant les feuillets d'information que Catherine et Karen avaient rédigés.

— Je ferai des photocopies à la bibliothèque tout à l'heure. Je préparerai également des tracts pour les journalistes de la presse écrite et de la télévision, ajouta Karen, le sourire aux lèvres.

Robert dépliait une carte détaillée de la région entourant la centrale.

— Là, dit-il en plantant son index sur un point près de l'autoroute. C'est là que nous nous installerons.

— Près de toutes les attractions, plaisanta Karen. Le nucléaire inclus. Êtes-vous allés inspecter les lieux?

— Oui.

Derek hocha la tête en direction de Robert.

— Après sa journée de travail.

— Et puis? continua Karen.

— Nous avons déniché l'endroit par excellence pour notre camp de protestation, répondit Robert.

— Près de l'autoroute. Ainsi, les automobilistes pourront nous voir, ajouta Derek.

— Loin des yeux, loin du coeur, dit Catherine doucement.

Robert lui adressa un regard admiratif.

— Exactement. Les gens doivent nous voir. Sinon, à quoi bon faire tout ça?

— Imaginez ce que cela doit être d'organiser une protestation lorsque personne ne vient, déclara Catherine, enhardie par l'expression de Robert.

Le sourire de Derek s'élargit.

— Catherine a raison. On apercevra nos bannières de l'autoroute. Nos tentes également. Peut-être quatre seulement au tout début, mais il y en aura ensuite des rangées et des rangées, remplies de gens qui ne veulent pas vivre avec les dangers de l'énergie nucléaire.

Derek repoussa sa chaise et se mit à arpenter la pièce.

— Bientôt, tout le monde aura entendu parler de notre protestation. On nous verra à la télévision, on parlera de nous dans les journaux...

— Et tous sauront que le courage des femmes de Greenham y est pour quelque chose, s'exclama Catherine, transportée par les images qu'évoquaient les paroles de Derek.

Ce serait merveilleux. Et important. Ils allaient faire changer les choses.

Sous la table, elle joignit les mains très fort. Elle avait fait le bon choix.

— Avant de partir pour la centrale, nous remettrons des communiqués de presse à tous les journalistes afin qu'ils sachent ce que nous faisons, dit Catherine en observant Karen qui enlevait soigneusement le vernis orangé recouvrant les ongles de sa main droite.

— C'est ce qui est prévu, dit Robert en adressant un regard à Derek.

C'était un regard béat que Karen ne remarqua pas et que Catherine, quant à elle, ne comprit pas.

Karen s'appliquait maintenant à vernir l'ongle de son pouce droit de violet.

— Tu as emprunté la voiture de ton amie, n'est-ce pas? lui demanda Robert.

Karen acquiesça et trempa son pinceau applicateur dans le flacon de vernis.

— Tu pourras donc distribuer les communiqués avant de te rendre à la centrale, n'est-ce pas?

— Catherine, tu donneras un coup de main à Karen, déclara Derek. Les journalistes feront probablement plus confiance à des gens comme vous qu'à quelqu'un comme moi...

— Qui a l'air d'un lit défait, l'interrompit Robert.

— Ou, bien sûr, qu'à un garçon qui porte ses cheveux longs attachés en queue de cheval.

Derek fit une grimace à son copain.

— Robert et moi nous rendrons directement sur les lieux. Nous voulons dresser les tentes et installer une bannière durant l'heure de pointe. Karen ira te chercher et t'emmènera jusqu'à la centrale, dit-il en s'adressant à Catherine.

Robert acquiesçait avec enthousiasme.

— Oui, ce sera parfait, dit-il.

Catherine constata que Karen se contentait d'approuver de la tête comme s'ils venaient simplement de se donner rendez-vous au restaurant du coin. Était-elle la seule à être aussi nerveuse?

Catherine observa les autres. Les yeux bleus de Robert flamboyaient d'excitation. Jamais elle ne l'avait trouvé si beau, si puissant. Il était très différent de l'employé calme, presque doux, à qui elle avait parlé au club vidéo.

Et Karen. Le regard confus de Catherine se

posa sur la tête noire de la jeune fille occupée à se vernir les ongles. Elle avait été très gentille et amicale à la bibliothèque, mais Catherine ne la connaissait pas vraiment.

En fait, elle ne connaissait aucun d'entre eux. Pouvait-elle leur accorder sa confiance? Était-ce ce qu'il fallait faire?

«Oui, se dit Catherine. Bien sûr.» Mais son esprit était rempli de doutes qui ne voulaient pas disparaître. Pourquoi prenaient-ils tant de décisions quand elle n'était pas là? Derek et Robert savaient-ils vraiment ce qu'ils faisaient? Pourquoi agissaient-ils comme des idiots, plaisantant sans arrêt? Ne prenaient-ils pas cette manifestation au sérieux? Catherine se mordit la lèvre. S'ils projetaient de camper là-bas, pourquoi ne se préparaient-ils pas pour un long séjour? N'auraient-ils pas dû prévenir d'autres groupes opposés à l'énergie nucléaire? Et ces associations militant contre les armes nucléaires? N'auraient-elles pas voulu être mises au courant? Et peut-être même participer à la protestation?

Les femmes de Greenham campaient depuis des années. Ne fallait-il pas penser aux provisions, à l'eau et à la façon de rester au chaud au lieu de penser seulement aux communiqués de presse?

— Je distribuerai les communiqués de presse, mais... commença Catherine.

— Bien.

Derek fit un signe de tête affirmatif.

— C'est ce qui compte.

Il n'avait pas quitté la carte des yeux. Personne ne s'aperçut qu'elle était troublée. Robert et Derek ne prêtaient attention à personne sauf à eux-mêmes. Karen, levant la tête durant un instant, fronça les sourcils en direction des garçons. Ils ne s'occupaient pas d'elle non plus.

Soudain, Catherine se sentit triste. «Je pourrais sortir de la pièce sans que quiconque s'en aperçoive», pensa-t-elle. Ainsi, elle pourrait le lundi prononcer son discours sur le rôle de la presse et l'importance des journaux.

Catherine se redressa. Vraiment? Qu'est-ce qui était le plus important, après tout? Elle ne pouvait s'esquiver maintenant. Pas après tout ce qu'elle avait appris. Pas quand le jour de la manifestation était si près.

Derek replia la carte et se tourna vers Catherine.

— Robert et toi allez commencer une bannière. La peinture et le drap se trouvent à côté du canapé.

Timidement, Catherine se retourna pour regarder Robert, qui se levait déjà. Il marcha en direction de sa chaise et lui toucha légèrement l'épaule.

— Viens, j'ai besoin d'aide.

Catherine se leva et le suivit; l'épaule lui picotait là où il avait posé sa main. Il se laissa tomber sur le sofa poussiéreux et tapota la place à côté de lui. C'était là qu'elle devait s'asseoir.

La peau de son cou fourmillait; elle sentit son visage devenir rouge lorsqu'elle s'installa à côté de lui.

— Tu as une idée de ce que nous pourrions inscrire sur la bannière? demanda Robert en étendant le bras sur le dessus du canapé, derrière Catherine.

Celle-ci avait la tête qui lui tournait. Elle avait de la difficulté à se concentrer et... à respirer.

— Notre nom devrait y figurer, commença-t-elle.

— Notre nom? Quel nom?

Robert parut un peu ennuyé.

— La commune antinucléaire. En l'honneur des femmes de la commune de Greenham qui ont manifesté en silence, répondit Catherine d'une voix hésitante.

Ce fut la première chose qui lui vint à l'esprit. Elle savait qu'il trouverait son idée ridicule. Mais elle était nerveuse. Il se tenait trop près d'elle.

Robert ne dit rien.

— Nous pourrions trouver autre chose, balbutia Catherine. Nous pourrions...

— Non, l'interrompit Robert.

Sa voix était maintenant plus douce.

— Tu as raison. C'est exactement ce que nous devons dire. Cela respire l'honneur et le respect et montre que leur combat est aussi le nôtre.

Il y eut quelques secondes de silence tandis

qu'il s'avança sur le bord du sofa. Il saisit l'une des mains crispées de Catherine.

— C'est parfait. Merci.

Lui tenant toujours la main, Robert se leva et aida Catherine à en faire autant. Il baissa les yeux vers elle, puis se tourna vers la peinture et les pinceaux.

— Au travail, dit-il.

Catherine était incapable de le regarder, mais, en son for intérieur, elle vibrait d'une joie incontrôlable. Évitant de croiser son regard, elle entreprit d'étendre le drap que quelqu'un avait apporté à l'appartement. Robert ouvrit le contenant de métal et agita la peinture vert foncé avec un bâton de bois.

— Compte le nombre de lettres et mesure le drap, lui cria-t-il.

Catherine acquiesça joyeusement. Son idée lui avait plu. Peut-être lui plaisait-elle aussi. Et puis, la protestation était importante à ses yeux. Elle le savait maintenant.

Moins d'une heure plus tard, la bannière était terminée et séchait sur la presque totalité du plancher de la pièce. La commune antinucléaire dévoilait son tout nouveau nom en lettres de plus d'un demi-mètre de haut.

— Une oeuvre d'art, déclara Karen tandis qu'ils étaient tous en ligne, admirant la bannière.

— Ouais, dit Robert en riant, essuyant un trait de peinture verte sur l'aile du nez de Catherine à l'aide d'un chiffon imbibé de solvant.

Surprise, Catherine poussa un petit cri et se baissa vivement.

Derek fronça les sourcils et retourna à la table.

— Revenons aux points essentiels maintenant, ordonna-t-il tandis que les autres retournaient s'asseoir.

Derek parcourut la première feuille d'un bloc de papier jaune, sur laquelle il avait dressé une liste.

— Robert, tu t'occupes de l'eau et du bois pour faire du feu. Karen, tu te charges de l'équipement de camping de tes parents. Catherine, apporte simplement ta tente...

— Ma tente? répéta Catherine, la gorge serrée.

On venait de la ramener brusquement à la réalité.

— Tu as bien dit que tu en avais une, n'est-ce pas?

Derek pivota et la dévisagea froidement.

— Oui, mais elle n'est pas à moi. Elle appartient à mon père, murmura-t-elle.

— Et alors?

— Alors, elle n'est pas à moi.

— Et puis? fit Derek. Apporte-la quand même.

— Tu veux dire la voler? dit Catherine.

Son estomac se noua.

Derek la regarda calmement.

— S'il le faut, répondit-il. C'est comme ça que nous fonctionnons ici.

Chapitre 13

Six heures. Catherine s'assit bien droite dans son lit. Son coeur battait à toute vitesse et ses yeux étaient grands ouverts.

Dans deux heures exactement, Karen serait là. Elles distribueraient alors, chemin faisant, les communiqués de presse à deux stations de télévision; l'une était située au centre-ville tandis que l'autre se trouvait en banlieue.

Puis — Catherine se mordit la lèvre —, elles se rendraient à la centrale.

Catherine regarda de nouveau son réveil. Six heures douze. Sa mère allait se lever d'un instant à l'autre et son père en ferait autant dès que son épouse aurait fini sa toilette. Ils partaient toujours pour le travail à sept heures quarante-cinq. Sept heures cinquante au plus tard.

Cela lui donnerait dix minutes pour aller chercher la tente et le sac de couchage avant l'arrivée de Karen.

Catherine frissonna. Et si ses parents se levaient en retard ce matin? Que se passerait-il si Karen était en avance?

Elle entendit le bruit de la douche. Six heures quinze. Sa mère était parfaitement à l'heure. «Calme-toi», se dit-elle. Tout se déroulerait sans anicroche. Ils avaient tout prévu.

Catherine enlaça ses genoux et se réfugia sous l'édredon, en quête de chaleur. Elle savait qu'elle n'avait pas froid. Elle était effrayée.

Ce que Derek et Robert ignoraient, ce que Karen ignorait aussi, c'est que Catherine n'avait parlé à personne de cette aventure. Pas même à ses parents. À personne. Seuls Robert, Derek et Karen sauraient où elle se trouverait aujourd'hui. Si quelque chose lui arrivait... Catherine se frotta les yeux. Elle ne devait pas penser à ça. Pas étonnant qu'elle ait à peine dormi la nuit passée.

Dès que monsieur Racine s'apercevrait qu'elle n'était pas présente à l'assemblée du journal, il demanderait à la secrétaire de l'école de téléphoner à ses parents. Que se passerait-il alors?

Elle bondit hors du lit. Dans vingt minutes, Robert et Derek seraient en route pour la centrale. Dans une heure et demie, Karen arriverait au volant de la vieille Honda de son amie. Catherine courut à la fenêtre. Tout semblait sombre et froid à l'extérieur. Elle aurait besoin de plusieurs épaisseurs de vêtements pour passer la journée.

Elle passa un sous-vêtement par-dessus sa tête, secouant sa chevelure, puis un chandail à col roulé noir. Enfin, elle enfila son ample sweat-shirt rose. Il lui faudrait aussi une écharpe, une tuque et des mitaines; elle irait les chercher après le départ de ses parents. C'était inutile de faire quoi que ce soit qui éveillerait les soupçons.

Brusquement, Catherine retira tous les vêtements qu'elle avait mis. Ses parents pourraient se douter de quelque chose. Elle les remettrait quand ils seraient partis. Si elle ne lambinait pas, elle aurait assez de temps. Elle se dirigea vers sa commode et en sortit une robe bleu marine qu'elle portait souvent, ainsi que sa ceinture argentée.

— Auras-tu assez chaud aujourd'hui? lui demanda sa mère en remarquant la mince robe de tricot de Catherine.

— Je vais mettre un pull par-dessus, marmonna Catherine en fixant son bol de müesli.

Son estomac était noué. Elle était incapable de manger, mais elle savait qu'elle devait faire un effort. Il ferait froid là-bas, à la centrale.

Sa mère lui ébouriffa les cheveux en passant derrière sa chaise. Son père ne leva pas les yeux de son journal.

Il sembla s'écouler des heures avant qu'ils ne se dirigent vers la porte, sa mère chargée de sa mallette remplie de travaux corrigés, son père avec son sac de tennis sur l'épaule.

— Au revoir, les salua Catherine d'un ton joyeux.

Toutefois, chaque muscle de son corps semblait à l'écoute du bruit des deux voitures reculant dans l'allée. Elle était assise, tendue. Étaient-ils partis? Oui. Elle se précipita en bas pour aller chercher la tente, puis en haut pour changer de vêtements.

Catherine enroulait une écharpe autour de son cou lorsqu'elle entendit une voiture klaxonner. Elle regarda sa montre. Karen était juste à l'heure.

Elle enfila son manteau en poil de chameau, saisit la tente et courut à l'extérieur. Elle était si nerveuse qu'elle fut incapable d'ouvrir la portière de l'automobile. Karen fit la grimace et se pencha au-dessus de la banquette avant pour lui ouvrir.

— Merci, je suis un peu énervée, dit Catherine sur un ton anxieux en lançant la tente à l'arrière.

— Je ne vois pas pourquoi, déclara Karen laconiquement.

Catherine la regarda. Elle portait une tuque de laine noire qui, bien enfoncée sur sa tête, cachait toute sa chevelure et faisait paraître sa peau encore plus pâle. Elle était si longue qu'elle lui descendait à mi-dos. Le pompon à son extrémité était orangé de même que ses gants. Tout le reste était noir ébène, sauf son rouge à lèvres orange vif. «Même maintenant, pensa Catherine, elle a beaucoup de style.»

— Chut, dit Karen en reculant dans l'allée.

Elle écoutait une station de radio FM.

— J'aime cette chanson.

Catherine se tut. Comment Karen pouvait-elle paraître si détendue?

— Tu as les tracts? demanda Catherine lorsque la chanson fut terminée.

Karen désigna la banquette arrière, puis alluma une cigarette.

— Tu as apporté la bannière? demanda Catherine quelques minutes plus tard.

Karen soupira.

— Calme-toi, ma petite. Tout est là. Alors installe-toi confortablement et écoute la musique. La radio est la seule chose qui fonctionne dans cette voiture.

C'était l'heure de pointe matinale. Les routes étaient bloquées.

Et si elles restaient prises dans la circulation? Que se passerait-il si elles arrivaient en retard?

— Nous avons largement le temps, dit Karen. Lorsque nous serons sur l'autoroute, de toute façon, nous roulerons dans la direction opposée aux autres voitures.

Karen avait raison. Vingt minutes plus tard, elles avaient déposé le communiqué de presse à la première station de télévision et se dirigeaient vers l'autoroute.

— Juste à l'heure, fit remarquer Karen. Maintenant, détends-toi et amuse-toi, si tu le peux.

«Impossible», pensa Catherine, toute tendue dans la petite voiture froide. Les dents lui claquaient autant de peur que de froid.

Karen quitta l'autoroute pour se diriger vers l'autre station de télévision.

— Ne bouge pas, ordonna-t-elle, saisissant un second communiqué de presse et marchant vers les larges portes d'entrée.

Quelques secondes plus tard, elle était de retour.

Elles roulèrent en silence jusqu'au moment où Catherine aperçut le panneau indiquant la sortie 428.

— C'est la nôtre, dit-elle.

Sa voix tremblait. Son estomac sembla se nouer encore davantage. Enfin, son coeur battait si fort que Catherine était persuadée que Karen pouvait l'entendre.

Si seulement elles pouvaient rebrousser chemin. Que faisait-elle donc ici? Tout cela était une erreur monumentale.

— Regarde si on peut voir les garçons, dit Karen une fois qu'elles eurent quitté l'autoroute. Ils devaient dresser les tentes près de l'autoroute afin que nous puissions les apercevoir.

«Relaxe», se dit Catherine, essayant d'inspirer profondément. «Calme-toi. Tout ira bien.» Elle repéra des taches de bleu et de vert à sa droite. Des tentes.

— Les voilà, annonça-t-elle.

Sa voix vacillait.

Derek et Robert avaient planté une première tente sur un côté de la voie d'accès et une deuxième de l'autre côté, à quelques mètres de distance. Ils avaient suspendu la bannière que Robert et Catherine avaient peinte le samedi précédent entre les deux tentes afin que les automobilistes puissent lire ce qui y était inscrit.

Karen poussa un gémissement. Devant le camp, sur l'accotement, était garée la camionnette brune parsemée d'éclaboussures de boue que Robert avait empruntée à son frère. Derrière elle, trois véhicules appartenant à la centrale formaient une rangée.

Le coeur de Catherine bondit dans sa poitrine.

Karen écrasa sa cigarette.

— Bon sang! Le service de sécurité les a déjà repérés. Je t'en prie, fais l'innocente quand nous passerons devant eux. Feins de ne pas les connaître.

Elle roula lentement jusqu'au moment où elles se trouvèrent devant une clôture de fil barbelé; un écriteau indiquait «Porte 2».

À leur gauche se trouvait un énorme panneau d'affichage. Catherine se recroquevilla en le lisant. *Accès interdit. Personnel autorisé seulement. Toutes les autres personnes doivent se présenter au poste de sécurité.*

D'autres règlements apparaissaient en plus

petits caractères.

Les lunettes de protection sont obligatoires sur le site. Les personnes et véhicules qui arrivent ou qui partent seront fouillés. La centrale n'assume aucune responsabilité en cas de dommages aux véhicules ou à leur contenu, quelle qu'en soit la cause.

Karen éloigna la voiture de l'entrée interdite et se dirigea vers la voie d'accès qui longeait l'autoroute. C'était à cet endroit que Robert et Derek avaient dressé leurs tentes.

Karen relâcha l'accélérateur.

— Très bien, Catherine. Passons aux choses sérieuses, dit-elle d'un ton brusque. Nous avons des tâches à accomplir, et ce, même si les garçons ont échoué.

Catherine avala sa salive. Qu'était-il arrivé? Qu'est-ce qui n'avait pas fonctionné? Derek et Robert ne pouvaient-ils pas simplement établir leur camp, comme les femmes de Greenham? Le terrain n'appartenait pas à la centrale. Ils ne pouvaient rien contre eux.

Karen ralentit en arrivant près des tentes. Trois gardes chargés de la sécurité se trouvaient avec Robert et Derek. L'un d'eux parlait dans un émetteur-récepteur qu'il tenait dans sa main. Un autre garde commençait à démonter les tentes. Un troisième, enfin, avait déjà retiré la bannière.

Les gardes levèrent les yeux en entendant la voiture approcher. L'un d'eux marcha jusqu'au bord de la route et fit signe à Karen de poursuivre son chemin.

Le regard de Robert croisa celui de Catherine. L'un des gardes lui tournait le dos.

— Foncez, fit Robert en bougeant les lèvres, sans toutefois prononcer les mots.

Catherine redressa les épaules, adoptant un air perplexe pour ne pas éveiller les soupçons des gardes. Elle examina la scène avec attention en fronçant les sourcils; puis, elle se retourna sur la banquette afin de regarder une dernière fois.

— Du calme, ma petite, dit Karen.

Catherine se laissa tomber sur le dossier de la banquette.

— Je ne comprends pas, commença-t-elle. Pourquoi les gardes ont-ils arrêté les garçons? Ils n'en ont pas le droit.

Karen tenait le volant serré.

— Oh oui! ils en ont le droit. Cette route doit appartenir à la centrale. J'en étais presque certaine, dit-elle, plus à elle-même qu'à Catherine. J'avais averti Derek. Il avait répondu qu'il vérifierait, ce qu'il a omis de faire, de toute évidence.

— Et qu'est-ce qui se passe si c'est la propriété de la centrale? demanda Catherine.

— Qu'est-ce qui se passe? répéta Karen d'une voix aiguë. Cela veut dire que nous sommes sur un terrain privé. Cela signifie qu'ils peuvent nous expulser d'ici. Ils en ont le droit. Tant pis pour notre camp. Les femmes de Greenham ne sont pas sur le site même de la base militaire.

Elles se sont installées sur un terrain public.

Karen gara la voiture dans le stationnement du centre d'information. Il était neuf heures quarante-cinq. Dans quinze minutes, une visite guidée commencerait. Elles pourraient distribuer quelques tracts aux visiteurs.

Karen éteignit le moteur, puis donna un coup sur le volant.

— Merde! Pourquoi a-t-il fallu qu'ils s'installent là-bas? Pourquoi se sont-ils fait attraper?

— Qu'est-ce qu'on fait maintenant? demanda Catherine d'une petite voix.

Elle se sentait perdue et avait peur. Personne n'avait parlé des gardes chargés de la sécurité.

— Je n'en sais rien, répondit Karen. Mais pas question d'abandonner, tu m'entends?

Elle regarda à l'extérieur. Encore une fois, les paroles de Karen semblaient s'adresser plus à elle-même qu'à Catherine.

— Nous devrions au moins installer une bannière. Et peut-être également monter une tente avant que les caméras n'arrivent.

— Les caméras? demanda Catherine. Quelles caméras?

Karen ignora sa question.

— Le meilleur endroit se trouve probablement derrière, se dit-elle. Prends les tracts à l'arrière et installe-toi à l'entrée du centre d'information, dit-elle à Catherine par-dessus son épaule en descendant de la voiture.

Catherine, cependant, demeura assise dans la

voiture. Elle tremblait de peur. Dehors, un vent du nord-ouest soufflait sur le stationnement. Elle jeta un coup d'oeil autour d'elle : il y avait quatre voitures et une camionnette. Tout était glacial, désolé, désert. Il n'y avait personne aux alentours. Et personne ne savait qu'elle se trouvait ici.

Catherine fouilla à l'arrière, à la recherche des tracts. Elle devait faire quelque chose; Robert comptait sur elle. Elle irait porter les tracts dans le centre d'information.

Lorsqu'elle descendit de la voiture, le vent souleva son écharpe qui fouetta son visage effrayé. Le ciel était gris acier, lourd et froid. Seul le mugissement du vent meublait le silence. Les tables à pique-nique avaient été retournées sur le côté en attendant le retour de la saison chaude. Un terrain de baseball se trouvait derrière elle.

Le vent lui piquait la figure tandis qu'elle marchait discrètement vers le centre d'information situé dans un édifice à un étage, qui ressemblait à tous les autres. Le coeur de Catherine battait la chamade. Malgré le froid, les paumes de ses mains étaient moites. Au sud du centre d'information se dressait la centrale elle-même, édifice sobre, sans fenêtres, gris comme le ciel.

C'était là que se trouvaient les réacteurs et les installations pour entreposer le tritium. Pourtant, la centrale avait l'air solide et sûre. Catherine avait lu un article rapportant que les gens habitant à moins de huit kilomètres d'une centrale nucléaire ne couraient pas plus de risque d'avoir le cancer que de souffrir d'une cirrhose du foie après avoir bu seulement deux coupes de vin.

Cela pouvait-il être vrai? Catherine s'arrêta. Non, elle ne pouvait tout remettre en question maintenant. Elle avait fait des recherches; elle était convaincue que l'énergie nucléaire n'était jamais sans danger. Qu'arriverait-il si un accident survenait ici?

Elle frissonna, mais pas de froid cette fois. Il fallait qu'ils mettent leur plan à exécution. Les gens devaient connaître les dangers du nucléaire. Ils devaient comprendre.

Catherine regarda à l'autre extrémité du stationnement, à la recherche de Karen. Une tache orangée attira son attention. C'était Karen qui lui faisait signe du terrain de baseball.

Catherine eut le souffle coupé. Karen avait suspendu une bannière à la clôture du champ extérieur. Quiconque sortirait du centre d'information pourrait lire : «Le tritium : une pilule difficile à avaler».

Karen désignait quelque chose, faisant des gestes de plus en plus grands. Catherine se retourna. La première visite guidée allait commencer. Les gens se dirigeaient maintenant vers la camionnette.

Sans réfléchir, Catherine courut vers eux en agitant les tracts. Ils la regardèrent, puis hâtèrent le pas pour monter dans le véhicule avant elle. Quelques-uns d'entre eux s'arrêtèrent assez longtemps pour lire la bannière installée par Karen.

Un autobus scolaire entra dans le stationnement et s'immobilisa près de l'entrée. Derrière les vitres embuées, des élèves d'à peu près son âge jetèrent un coup d'oeil en direction de la bannière, puis vers elle.

Certains montrèrent du doigt, d'autres se mirent à rire en sortant en file de l'autobus. Un homme grand et crispé portant des lunettes à monture d'écaille se planta devant Catherine et ordonna aux élèves de se hâter. La plupart obéirent, mais deux filles s'arrêtèrent et prirent le tract que Catherine leur tendait.

— Qu'est-ce que le tritium? demanda l'une d'elles.

— Ne lui parlez pas, cria le professeur.

Il se retourna et arracha un tract des mains de Catherine. Lui jetant un regard furieux, il marcha d'un pas énergique vers le centre et remit la feuille à l'un des guides qui se tenait dans l'entrée.

Catherine ne pouvait entendre ce qu'il disait, mais elle vit le professeur la montrer du doigt. Le guide disparut rapidement.

Catherine était bouleversée. On la traitait comme une lépreuse. Qu'en était-il donc de la liberté d'expression?

— Hé! cria-t-elle à l'endroit des derniers

élèves et du professeur hostile qui s'empressait de rassembler ses protégés à l'intérieur. Qu'est-ce qui se passe? Vous avez peur d'entendre la vérité à propos de ce qui se passe là-dedans?

La porte se referma derrière eux. Catherine fit un pas en direction du centre, puis s'arrêta. Ce n'était probablement pas le bon moment d'entrer et de laisser des tracts. Mieux valait attendre que cette classe — et ce professeur, surtout — soit installée dans l'auditorium, les portes fermées, visionnant le film et écoutant les explications du guide.

Catherine se retourna vers le terrain de base-ball, à la recherche de Karen. Elle aperçut une silhouette noire saisissante, courbée contre le vent, qui se dirigeait vers elle dans le stationnement. Karen ne pouvait voir l'une des deux camionnettes de sécurité de la centrale fonçant à toute allure dans le stationnement, ni la voiture de police qui la suivit.

Les deux véhicules s'immobilisèrent dans un crissement de pneus; deux hommes en descendirent et se mirent à courir en direction de Karen.

Chapitre 14

Catherine était assise, le dos appuyé au mur jaune pâle. Elle aurait pu se trouver dans le bureau d'un directeur d'école, mais ce n'était pas le cas. Elle était au poste de police, en état d'arrestation.

Il faisait si chaud. Elle était assise dans cette affreuse pièce depuis des heures. Elle portait tous ses vêtements — qui puaient la fumée des cigarettes de Karen — et s'y sentait coincée. Pourquoi la police ne les laissait-elle pas tout simplement partir?

Pourquoi était-ce si long? Ils avaient les numéros de téléphone de sa mère et de son père. Ils connaissaient son nom, son âge, le nom de l'école qu'elle fréquentait. Pourquoi était-elle encore ici?

Robert ne lui avait été d'aucun secours. Tout ce qu'il avait fait depuis l'arrestation était d'arpenter la pièce en réclamant qu'on lui dise quels étaient ses droits.

— Je veux que ces gardes soient accusés de harcèlement, dit-il.

— Bonne chance, lui répondit Derek sur un ton sarcastique.

Il se tourna vers Karen, assise près de lui sur le banc, le long du mur.

— Robert, je te l'ai dit, nous avons gaffé. Ce terrain où nous avons planté les tentes appartient à la centrale. Nous nous trouvions sans permission sur un terrain privé, déclara Karen en poussant un soupir.

Elle le lui avait déjà expliqué.

— Ils nous ont eus.

— Attends que mon avocat arrive, rétorqua Robert.

Il était comme un animal en cage.

— Avez-vous remarqué une chose? demanda Derek en riant. Ils n'ont pas enlevé la bannière de Karen sur le terrain de baseball.

Il lui sourit.

— C'était une bonne idée de la mettre là au lieu de l'installer près des tentes.

— Elle n'est probablement plus là maintenant, dit Karen d'un ton bourru.

Toutefois, elle ne put s'empêcher de sourire en réponse au compliment que lui avait adressé Derek.

— C'est un véritable gâchis, déclara enfin Catherine d'une voix tremblante.

Elle ne croyait pas pouvoir retenir ses larmes une seconde de plus.

— Non, ça n'en est pas un.

Robert parlait d'un ton brusque.

— Ce n'est PAS un gâchis et ce n'est PAS terminé. Le combat ne fait que commencer.

Derek se tourna vers Catherine.

— Robert a raison. Dès que nous sortirons d'ici, j'irai trouver les journalistes et je leur parlerai de notre arrestation. Nous avons maintenant en main l'événement qui nous permettra de faire parler de nous.

Karen tourna son visage rayonnant vers Derek.

— Oui, mais tu es presque trop efficace, Derek. Tu croyais que nous devrions passer une journée sous la tente. Nous n'y sommes même pas demeurés une heure.

Ahurie, Catherine dévisagea Karen, la regardant rire et serrer le bras de Derek.

Même Robert souriait.

— Ce fut tout de même assez long. Il faisait froid là-bas à sept heures. Je serais mort gelé si nous avions dormi dans les tentes. Je n'ai jamais pensé que c'était une si bonne idée, d'ailleurs.

— Qui le pensait? demanda Derek en souriant.

— Eh bien, si tu as bonne mémoire, je le pensais, du moins, jusqu'à ce que vous m'expliquiez le plan que vous aviez mis sur pied lorsque vous êtes allés rôder à la centrale, dit Karen en gloussant.

Catherine les observait, bouche bée. Ils lui avaient menti, l'avaient fait marcher. Ils n'avaient jamais eu l'intention d'installer un camp pour une longue période. Ils s'étaient contentés de dresser des tentes assez longtemps pour que les caméras de télévision les filment. Ils avaient planifié une campagne de protestation d'une journée.

Catherine pensa aux femmes de Greenham, qui avaient été si fidèles à leur cause année après année. Elle avait l'impression d'avoir reçu un coup de poing dans l'abdomen.

Robert remarqua enfin l'expression sur le visage de Catherine.

— Hé! tu ne le savais donc pas? demanda-t-il avec insouciance. Non, c'est vrai. Nous croyions que tu ne viendrais que le soir, alors nous ne t'en avons pas parlé, n'est-ce pas?

Il se laissa tomber sur le banc, à côté d'elle. Catherine s'éloigna.

— Nous n'avons pas changé notre position concernant l'énergie nucléaire, tu sais, expliqua-t-il en voyant Catherine détourner le regard.

Karen ne s'occupait pas d'eux. Depuis qu'ils avaient été arrêtés tous les quatre, ses yeux noirs étaient toujours posés sur Derek.

— Si on parle de nous dans les journaux ou, mieux encore, à la télévision, tu deviendras sûrement l'un des dirigeants des groupes antinucléaire, lui dit-elle. Tu pourras rassembler toutes les associations et ainsi, vraiment changer quelque chose.

Derek eut l'air satisfait. Tout comme Robert, remarqua Catherine.

Karen, quant à elle, était heureuse d'être simplement assise là, tout près de Derek.

«Pas moi, pensa soudain Catherine. Je n'ai pas voulu cela. Je ne veux pas que mon nom apparaisse dans les journaux. Je vous en prie, non. Pas de cette façon.»

— Es-tu obligé de tout raconter à la presse? demanda-t-elle à Derek sur un ton suppliant.

Il lui adressa un regard méprisant.

— Qu'est-ce qui te prend? Bien sûr que nous irons tout dire aux médias. Tu devrais le savoir. Sinon, à quoi ça sert de faire tout ça?

D'un geste du bras, il désigna la pièce austère dans laquelle ils étaient assis.

— Mais vous n'avez jamais dit que vous feriez ça, gémit Catherine.

Derek poussa un soupir exaspéré.

— Je n'arrive pas à croire que tu sois à ce point naïve. Sans les médias, qui entendra parler de ce que nous avons fait aujourd'hui, à part quelques personnes qui visitaient la centrale? Nous devons faire passer le message au sujet des dangers du tritium.

— Même si la manifestation ne s'est pas déroulée tout à fait comme prévu, ajouta Karen.

Derek acquiesça énergiquement tandis que

Catherine semblait perdre toute sa motivation. Elle se sentait utilisée et épuisée.

La porte s'ouvrit à la volée et la mère de Catherine se précipita dans la pièce. Elle courut directement vers Catherine, se pencha et l'enlaça.

— Tout va bien, tout va bien, murmura-t-elle.

Catherine se réfugia dans les bras de sa mère. Elle allait rentrer à la maison maintenant. Dieu merci, sa mère était venue.

Elles avaient parcouru la moitié du trajet lorsque Catherine se rappela quelque chose.

Elle n'avait pas dit au revoir aux autres.

— Alors, commença son père en s'installant sur le canapé. Dis-moi tout ce que tu sais au sujet du tritium.

— Jules, ce n'est pas le moment de plaisanter, dit sa mère d'un ton sec.

Mais Catherine sourit à son père. Dieu merci, il la taquinait. Sa mère n'avait pas dit grand-chose sur le chemin du retour. Non pas qu'elle fût en colère; ce n'était pas cela. Elle semblait plutôt songeuse.

Cet après-midi, étendue sur son lit, Catherine avait entendu sa mère téléphoner à l'école et parler au directeur, monsieur Laurence, et à monsieur Racine. Catherine s'était levée et avait fermé la porte, ne voulant pas entendre cette conversation. Elle avait manqué l'assemblée, la plus importante jamais tenue pour le journal. Et pour quoi donc?

Son père était rentré à la maison tout de suite après le travail et était allé rejoindre son épouse à la salle à manger. Ils avaient fermé la porte et discuté durant un long moment.

Mais maintenant, le temps était venu de tout raconter. Catherine inspira profondément.

— Ça ira si je commence au tout début? demanda-t-elle.

Sa mère fit un signe de tête affirmatif.

Catherine leur parla donc de sa rencontre avec Robert et du film *Si cette planète vous tient à coeur.*

— Tu l'as regardé ici? l'interrompit son père. Je ne m'en souviens pas.

— Jules, tu étais probablement sorti et je devais être en train de travailler, dit sa mère.

Elle se tourna ensuite vers Catherine.

— Nous avons également vu ce film, ajouta-t-elle, mais il y a de cela plusieurs années, à sa sortie, alors que tu étais encore si petite.

Ses parents avaient vu le film; ils comprendraient peut-être comment elle s'était sentie. Catherine regarda tour à tour son père et sa mère, étonnée. Elle aurait pu tout leur dire dès le début. Peut-être aurait-elle pu éviter de leur raconter tous ces mensonges.

— Je ne suis pas fière de moi, continua-t-elle.

Elle leur avoua s'être rendue chez Derek et avoir menti en prétendant étudier avec Joey ou travailler à la bibliothèque. Elle entreprit de leur raconter tout ce qu'elle avait appris, mais son père l'interrompit.

— Quel âge ont ces jeunes? demanda-t-il.

Sa bouche était dure et sa voix, sévère.

— Et que faisais-tu seule dans l'appartement d'un garçon?

— Je n'ai jamais été seule là-bas, papa. Il ne s'est jamais rien passé. Rien de ce que tu peux imaginer, en tout cas, protesta-t-elle, inquiète de constater que son père semblait vouloir se fâcher. J'y apprenais des choses.

Sa mère semblait pensive.

— Tu sais, Jules, ce n'est pas comme si notre fille s'était fait prendre à voler ou même à se droguer. De toute évidence, Catherine a beaucoup réfléchi avant de se lancer dans cette aventure. Elle a simplement pris à coeur un problème très sérieux.

Son père avait toujours l'air renfrogné.

— Elle en sait plus que moi au sujet du tritium, ma propre fille, continua la mère de Catherine. Et je commence également à croire que je devrais être mieux informée à propos de ce qui se passe tout près de chez nous.

— Elle a enfreint la loi, sans mentionner qu'elle nous a joué dans le dos durant des semaines. Je n'aime pas cela, dit le père de Catherine sur un ton brusque.

Elle avait enfreint la loi, Catherine le savait maintenant. Elle s'était trouvée sur une propriété privée. Mais elle n'avait jamais envisagé les choses de cette façon en pensant rendre hommage aux courageuses femmes de Greenham.

Elle n'avait pas assez réfléchi. Elle avait été trop impulsive. Tout avait bien commencé mais s'était mal terminé. Elle savait toutefois qu'elle avait eu raison de s'inquiéter de l'utilisation de plus en plus importante de l'énergie nucléaire, et cela, si près d'où elle vivait.

Mais qui la croirait maintenant? Qui voudrait même l'écouter? Se rappellerait-on qu'elle s'était suffisamment inquiétée pour prendre position? Absolument pas. On se souviendrait seulement de son casier judiciaire.

Elle ne pourrait probablement jamais décrocher un emploi quand elle serait plus âgée. Qui embaucherait une criminelle?

Sa mère la regarda et sourit doucement en voyant la mine abattue de Catherine.

— Je n'excuse pas le geste que tu as posé ni le fait que tu nous aies caché la vérité, commença-t-elle. Mais, je t'en prie; ne crois pas qu'il s'agit de la fin du monde. Ce n'est pas vrai. Ta vie va continuer.

— On m'a inculpée, dit Catherine d'un ton misérable. J'ai enfreint la loi. Personne ne voudra plus me parler.

Ses parents échangèrent un regard.

Son père s'éclaircit la voix.

— Je suis presque certain qu'ils retireront l'inculpation, annonça-t-il.

Catherine se redressa. Retirer l'inculpation?

Cela voulait dire qu'elle n'aurait pas de casier judiciaire. Elle serait blanchie.

— Tes deux amis n'auront pas autant de chance. On les a accusés de méfait, continua son père d'une voix sévère. La centrale prétend que la bannière qu'ils avaient installée entre les deux tentes obstruait le passage. Selon la tournure des événements, tes amis risquent une peine de six mois d'emprisonnement ou une amende pouvant aller jusqu'à deux mille dollars.

Catherine eut envie de rentrer sous terre.

— Et Karen? demanda-t-elle.

— C'est la fille qui a installé la bannière sur le terrain de baseball? Elle ne sera probablement pas inculpée. Les gens de la centrale ne s'en faisaient pas trop pour une bannière. Ou encore pour toi et tes tracts. Ils ont vu un ou deux manifestants avant vous, expliqua son père.

Sa mère l'interrompit.

— Tu as de la chance de n'avoir que quatorze ans. Selon la loi, tu es une jeune contrevenante et même si l'inculpation n'était pas retirée, tu obtiendrais probablement une condamnation avec sursis.

— Et mon nom paraîtrait dans le journal. Formidable. Autant être reconnue coupable.

De nouveau, ses parents échangèrent un regard.

— Eh bien, je crois que j'ai une autre bonne nouvelle pour toi, dit son père. Les médias ne peuvent rendre public le nom des jeunes contrevenants inculpés d'un délit.

— C'est vrai? Cela veut dire que personne ne le saura à l'école, s'exclama Catherine, soulagée.

Son front se plissa tandis qu'elle cherchait quelle excuse elle pourrait bien donner pour avoir manqué l'assemblée.

Ses parents se regardèrent.

— Catherine... commença sa mère.

La sonnerie du téléphone retentit.

— Je réponds, dit son père en se levant pour aller décrocher le téléphone dans le vestibule.

Sa mère poursuivit.

— J'ai parlé au directeur ainsi qu'à monsieur Racine. Ils sont au courant. Tu devrais être franche avec tes amis...

Elle s'arrêta et leva les yeux vers le père de Catherine, debout dans l'embrasure de la porte.

— Catherine, c'est Mélanie, dit-il. Elle veut savoir pourquoi tu n'étais pas à l'école aujourd'hui. Est-ce que tu veux lui parler?

Catherine se tourna vers sa mère.

— Oh! non, je t'en prie, supplia-t-elle.

— Je crois que tu devrais, répondit sa mère.

Catherine laissa échapper un profond soupir et se dirigea vers le téléphone.

Elle s'immobilisa dans l'embrasure de la porte.

— Je crois que tu as raison, dit-elle en souriant tristement. Je ferais mieux de commencer à dire la vérité de temps en temps.

Chapitre 15

— Il le faut?

Madame Ryan observa le visage blême et fatigué de Catherine et enlaça sa fille.

— Oui. Tu dois aller à l'école. Il faut voir les choses en face et en finir une fois pour toutes.

Catherine avait passé une nuit terrible, ne pouvant fermer l'oeil pour un deuxième soir consécutif. L'excitation le premier soir, puis la peur, la nuit précédente, l'avaient gardée éveillée. La peur de retourner à Degrassi. De faire face à monsieur Racine, à Claudine, à tous les autres qui travaillaient au journal. Elle les avait tous laissés tomber.

Son père fit irruption dans la cuisine, trois journaux sous le bras.

— Eh bien, ma fille, dit-il sur un ton joyeux,

on parle de vous dans deux journaux. Pas à la une, bien entendu. En fait, on pourrait presque dire qu'on vous a relégués dans les dernières pages. Mais, au moins, on vous a consacré quelques lignes.

— Mais tu as dit qu'ils n'avaient pas le droit de publier mon nom! s'écria Catherine, sentant les larmes lui venir aux yeux.

Son père lui sourit.

— Désolé. Je n'aurais pas dû te faire peur. Ils ne mentionnent pas ton nom. Ils utilisent le mot «mineure» pour te désigner.

Son père lui montra un article. *Des universitaires arrêtés lors d'une manifestation contre le tritium.*

— Qui est ce Robert Tertiani? Il semble avoir de solides opinions sur le sujet, commenta son père.

Catherine regarda l'article attentivement.

— C'est le garçon qui travaille au club vidéo. Je t'ai parlé de lui hier soir.

Son père parut surpris.

— C'est un étudiant brillant. On dit ici qu'il a terminé au premier rang chez les finissants de toute la province l'an dernier. Mais tu dis qu'il travaille?

— Pour un an seulement. Il ira à l'université l'année prochaine.

Monsieur Ryan posa le journal.

— J'ai téléphoné à monsieur Paquet hier soir, pendant que tu étais couchée. C'est l'avocat de la famille. Je veux que tu ailles le voir. Il peut te recevoir jeudi après l'école.

Catherine se raidit.

— Pourquoi ai-je besoin d'un avocat? Tu as dit que tout était terminé, qu'on allait retirer l'inculpation.

Sa mère lui répondit d'une voix rassurante.

— Tu n'as pas besoin d'un avocat. C'est seulement par prudence. Ça ne veut rien dire. Maintenant, viens. Je te conduis à l'école.

À contrecoeur, Catherine alla chercher ses livres et son manteau. Ils n'allaient pas la laisser s'en tirer aussi facilement. Un avocat. Et une escorte jusqu'à la porte de l'école.

Au moins, il était tôt. Marchant rapidement dans les corridors déserts, Catherine se rendit directement au seul endroit où elle pouvait se réfugier : le bureau du journal.

Un sweat-shirt Degrassi était posé sur la table. Catherine caressa le doux tissu bleu. C'était son sweat-shirt. Celui qu'elle aurait dû porter la veille pour prononcer son discours.

Elle s'assit et saisit un crayon, puis une feuille de papier. Elle pourrait peut-être écrire un dernier article.

Elle fronça les sourcils, rassemblant ses pensées.

La porte du bureau s'ouvrit soudain et alla donner contre la bibliothèque. Catherine leva brusquement la tête. Joey se tenait debout sur le pas de la porte.

— J'ai entendu dire que tu étais une délinquante, déclara-t-il, le sourire aux lèvres.

Sacrée Mélanie. Naturellement, elle avait tout raconté à Anguille qui, lui, avait tout répété à Joey. Maintenant, tout le monde serait au courant.

Catherine inspira profondément.

— Ce n'est pas quelque chose dont je suis fière, dit-elle d'un ton ferme.

Joey s'assit sur la chaise en face d'elle et enleva son chapeau.

— Ça demande pourtant du courage, fit-il remarquer.

— Quoi?

— Aller à cette centrale. Planifier tout ça, avec d'autres gens.

Joey prit une bonne inspiration.

— Le garçon du club vidéo était l'un d'eux, n'est-ce pas?

Catherine acquiesça.

— Pour qui se prenait-il, de toute façon?

Catherine sentit la colère monter en elle. Comment osait-il lui poser toutes ces questions? Ça ne le regardait pas. Furieuse, elle tenta de se concentrer sur ce qu'elle avait commencé à écrire.

Le silence envahit la pièce, mais Joey demeurait assis là.

Exaspérée, Catherine posa de nouveau son crayon.

— Et toi, pour qui te prends-tu? demanda-t-elle sèchement à Joey. Je ne te dois pas d'explications.

Joey baissa la tête.

— Je suis désolé, marmonna-t-il. J'aurais dû dire que je m'étais trompé à son sujet. Je veux dire... à votre sujet. C'est pour ça que je suis allé à la soirée avec Lise.

La colère de Catherine disparut.

— Je te dois des excuses, Joey. Je t'ai menti à propos des raisons qui m'empêchaient d'étudier avec toi.

Elle s'obligea à continuer.

— Je détestais raconter tous ces mensonges. Je n'avais vraiment pas la conscience tranquille.

Joey s'empara de son chapeau.

— C'est vrai? s'exclama-t-il.

— Oui.

Joey repoussa sa chaise et se leva.

— Alors, peut-être que tu... eh bien... je veux dire... pour la prochaine danse, à Noël. On pourrait y aller ensemble. Pour de vrai, cette fois.

Catherine leva les yeux vers Joey. Il voulait une deuxième chance. Tout comme elle.

— Entendu, dit-elle.

Il sourit et se précipita hors du bureau.

Catherine reprit sa feuille et commença à écrire. Elle mâchonnait pensivement le bout de son crayon lorsque monsieur Racine passa la tête dans l'embrasure de la porte.

— Il paraît que tu as eu une journée mouvementée hier, dit-il en s'assoyant sur la table en face d'elle.

— Je suis navrée. Est-ce que ma mère vous a raconté? demanda-t-elle.

Monsieur Racine fit un signe de tête affirmatif.

— Je voulais vraiment prononcer ce discours. J'avais rassemblé mes notes et tout. Puis ils m'ont appelée pour me dire que la manifestation aurait lieu lundi. Je n'en ai rien su avant vendredi soir, c'est la vérité.

Catherine baissa la tête.

— Je suis désolée de vous avoir laissé tomber.

Monsieur Racine s'éclaircit la voix.

— Nous avons tenu l'assemblée. C'est moi qui t'ai remplacée. Mon discours a été pas mal, si j'ose dire.

Catherine leva les yeux. Monsieur Racine souriait.

— Ce n'était pas la fin du monde, après tout, dit-il soudain. J'en conclus d'ailleurs que c'est cela — la fin du monde — que tu avais en tête lorsque tu as choisi d'aller manifester au lieu de venir à l'école hier.

Une expression horrifiée apparut sur le visage de Catherine. Comment pouvait-il plaisanter avec ça?

— On ne rit pas avec le tritium. Cela peut être très dangereux, s'écria-t-elle.

Puis, elle se mordit la lèvre. Elle avait perdu son sang-froid, encore une fois.

Mais monsieur Racine souriait toujours.

— Je comprends que tu sois inquiète, dit-il, et que tu éprouves du respect pour ces femmes de Greenham. Elles étaient vos modèles, n'est-ce pas?

— Je... nous... voulions leur rendre hommage, répondit Catherine.

Le professeur haussa un sourcil.

— Et c'est très bien. Elles ont été très braves de camper à l'extérieur durant toutes ces années. En hiver, sous la pluie, sans eau, sans commodités. Tout ça parce qu'elles croyaient qu'il ne devrait pas y avoir de missiles nucléaires sur cette planète.

Catherine était trop étonnée pour dire quoi que ce soit. Monsieur Racine avait donc entendu parler des femmes de Greenham, lui aussi.

— J'ai été arrêté une fois, lâcha-t-il tout à coup.

— C'est vrai? demanda Catherine, le souffle coupé.

Monsieur Racine acquiesça.

— À l'université. Nous avions découvert que l'université possédait des actions dans une immense compagnie qui fabriquait certaines des armes utilisées au Viêt-nam. Pour la guerre. Je sais ce que c'est que de croire en quelque chose. J'avais cependant oublié que les jeunes, de nos jours, croient aussi en certaines causes.

Il saisit le sweat-shirt.

— Les soirées de danse à l'école sont importantes. Mais il n'y a pas que cela qui compte.

Il se retourna et regarda Catherine.

— Alors, notre rédactrice pourra-t-elle nous servir un pot-pourri pour le prochain numéro? Un peu de controverse, une opinion ou deux, peut-être? Ou même un article sur l'importance de toujours bien considérer les deux aspects d'une question?

Catherine sentit une vague de joie la submerger.

Elle lança un regard rayonnant au professeur, qui se dirigeait vers la porte.

— Je te laisse à ton écriture, dit-il.

Il ferma la porte d'un geste ferme. Catherine jeta un coup d'oeil sur les mots qu'elle avait écrits jusqu'à maintenant.

Hier, j'ai été arrêtée. J'ai beaucoup appris grâce à cette mésaventure. Par exemple, j'ai appris que la défense des bonnes causes pouvait parfois créer des ennuis. Pourtant, la cause n'en est pas moins bonne pour cela.

«Pas mal comme introduction pour un sujet si difficile à traiter», se dit Catherine. Ce n'était pas toujours facile de dire la vérité. C'était toutefois le travail des journalistes.

Elle sourit intérieurement. Voilà un article qu'elle avait vraiment envie d'écrire.

Catherine saisit le crayon au bout mâchonné et se remit au travail.

FIN

NOTES SUR L'AUTEURE

Catherine Dunphy est journaliste. Elle habite Toronto, sa ville natale, et y travaille. Elle se souvient vaguement de ses propres années d'études secondaires, qui lui semblent bien loin... Elle est mariée et mère d'une fille. C'est une adepte de la course à pied et du tennis.

Catherine est son premier roman, mais non le dernier; elle écrit actuellement un roman policier.

Dans la même collection

. Joey Jeremiah

. Sortie côté jardin

. Épine

. Jean

. Lucie

. Stéphanie Kaye

. Mélanie

. Catherine

ACHEVÉ   D'IMPRIMER
EN   AVRIL   1991
SUR LES PRESSES DE
PAYETTE & SIMMS INC.
À SAINT-LAMBERT, P.Q.